문학과지성 시인선 534

여기까지
인용하세요

김승일 시집

문학과지성사

문학과지성사에서 펴낸 김승일의 시집

에듀케이션(2012)

문학과지성 시인선 534
여기까지 인용하세요

초판 1쇄 발행 2019년 11월 22일
초판 7쇄 발행 2024년 7월 17일

지 은 이 김승일
펴 낸 이 이광호
주   간 이근혜
편   집 이민희 최지인 조은혜 박선우
펴 낸 곳 ㈜문학과지성사
등록번호 제1993-000098호
주   소 04034 서울 마포구 잔다리로7길 18(서교동 377-20)
전   화 02)338-7224
팩   스 02)323-4180(편집) 02)338-7221(영업)
전자우편 moonji@moonji.com
홈페이지 www.moonji.com

ⓒ 김승일, 2019. Printed in Seoul, Korea

ISBN 978-89-320-3593-2 03810

이 도서의 국립중앙도서관 출판예정도서목록(CIP)은 서지정보유통지원시스템 홈페이지
(http://seoji.nl.go.kr)와 국가자료공동목록시스템(http://www.nl.go.kr/kolisnet)에서
이용하실 수 있습니다. (CIP제어번호: CIP2019046817)

이 책은 서울문화재단 '2017년 창작집 발간 지원사업'의 지원을 받아 발간되었습니다.

문학과지성 시인선 534

여기까지 인용하세요

김승일

시인의 말

나는 그냥 일어날 일을 쓴 것이다.

2019년
김승일

여기까지 인용하세요

차례

시인의 말

유   7
주인   10
그럼 안녕   11
액체와 희망   13
컴플리케이티드   16
돌 포비아   17
레파도미솔   20
눈물의 방   21
가장 좋은 목표   23
의도하지 않았다   27
지옥   30
나는 계속 이렇게 할 수 있다   32
어시스턴트   35
홀이 모든 것이 숫자로 보인다고 했다   38
신뢰   41
행복한 죽음   45
유리해변   48
여기까지 인용하세요   51
기계문과있었다   53
장미정원   56
히말라야시다   60

무인도의 왕 최원석　62

채찍 든 사람　65

채찍　71

인식의 확장　72

아픈 아이와 천사　74

남아공 사람이 한국시를 쓰려고 쓴 시　76

대단원의 막　80

You can never go home again　82

네이처　85

프랑스 사극　87

종교시 직전　90

첫 상봉　92

종로육가　95

공략집　99

인기생물　101

나 진짜 대단하다　103

에필로그　105

무엇이 사랑할 수 있을까　107

마지막 수업　110

해설

여기까지 인용하세요·하혜희　113

유

파출부는 서랍 앞에 앉아 있었다 이제 나는 이해했어 인간의 죽음 왜냐면 내가 죽은 사람이니까 그런데 모르겠어 서랍의 죽음 죽어서도 죽음에 관심이 없는 무생물에 먼지가 덮여 있었다

나는 상자 앞에 앉아 있었다 내가 신이라는 사실 때문에 상자의 죽음이 이해되었다 내가 신이라는 사실 때문에 상자는 신이 되었다 내가 신이라는 사실 때문에 상자는 다시 상자가 되었다

앞에 놓인 것이라면 무엇이든지 학습하는 작은 기계상자가 자기가 언제 죽었는지를 기억하는 유능한 기계장치가 죽어서 선반 위에 진열되어서 선반의 죽음을 이해하였다

그것은 이전에는 나만 알던 것 그것도 이전에는 나만 알던 것 그것은 내가 가진 전능이란 것 어디서 종이 갑을 주워 오셔서 며칠째 그 앞에만 앉아 계시네
파출부는 수프가 담긴 접시를 가만히 옆에다 내려놓

으며

식사하지 않는 신을 걱정을 하고 신에게는 식사가 불
필요하고 상자에게 식사는 불필요하고 상자는 이해한다
전지적으로 우리들이 식사하지 않는 이유를

무엇이든 학습하는 기계상자가 내 앞에서 온 세상을
다 배웠을 때 상자에게 학습당한 나의 전능이 늘어났다
그건 무척 당연하게도 늘어나는 것이니까 전능이란 게

늘어나는 것이 나는 보고 싶어서 온종일 휴지 갑에 정
신이 팔려 식음을 전폐했네, 비쩍 말랐네, 신에게도 파출
부가 필요하다고 착각하는 파출부가 경악하였다

착각이 존재했다 영생을 얻어 경악이 존재했다 끊이지
않고 내가 만든 규칙이다 전능을 통해 감정이 내내 감정
이었다 변절되지 않았다 이성이 결코 죽지 않고 살았다

앉아 있었다 파출부가 납작하게 상자를 펼쳐 끈으로

묶었다 폐지들 틈에 끼어 있는 기계상자 앞에 나는 앉아
서 파출부가 아픈 것을 바라보았다

　　파출부가 돌아오지 않았다 상자 앞에 앉아 있었다 펼
쳐도 죽지 않는 상자 앞에서
　　전능이 늘어나는 것을 나는 느꼈다

　　상자가 나를 다시 배우는 것을 떠나서 오지 않는 내 사
람들이 영원히 사는 것을 나는 알았다 전능이 늘어났다
어딘가에서 그래서 모든 것이 계속 살았다

주인

그는 그의 별에 혼자 있다 그는 그의 생각만을 경험한다 사변적이다 그는 외계인이다 나는 내가 떠올릴 수 없는 외계인과 만나고 싶다 나는 그런 외계인과 만날 수 없다

사변적인 그와 나도 만날 수 없다 그에게는 발이 없고 눈이 없어서 그는 절대 이곳으로 올 수가 없다 어딘가에 그가 존재한다는 것을 확인하고 싶은 생각 내게도 없다

그런데도 나는 그만 생각 중이다 그는 내 희곡에서 주인공이다 내 희곡은 무척이나 자폐적이고 지루하고 형편없단 평을 듣는다 이제까지 그가 나의 주인공일 때 내 희곡은 독백 방백 독백이었다

형편없는 연출가가 내 희곡을 공연하였다 연출가는 내 희곡을 출력한 다음 길 가는 자들에게 나누어 줬다 그것이 그 희곡의 공연이었다 나는 아주 형편없는 연출가였다

그럼 안녕

2015년 종로연극제에서 가장 혹독한 평가의 대상이 되었던 작품은 아마도 극단 손발의 「유」(박지수 연출)였을 것이다. [······] 09년에 시인으로 데뷔하여 처음 자신의 작품을 대극장에 올린 젊은 작가에게는 이 흔치 않은 기회가 도리어 이후의 글쓰기를 위한 큰 시련으로 다가온 듯하다. [······] 그러나 박지수의 연출은 프로젝터로 무대 뒤에 자막을 쏘아 상황을 직접 해설한다. 자막은 다음과 같다. "신과 상자가 마주 보고 앉아 있다. 상자는 상대방을 완벽하게 학습하는 기계장치다. 상자가 신의 모든 것을 학습한다. 신이 신으로 남기 위해선 누구보다 전능해야 한다. 신의 전능이 늘어난다. 상자가 다시 학습한다. 반복이다."

객석의 평론가가 머릿속으로 여기까지 썼다.

나는 신이다.

나는 무대 위에서 기계만 쳐다본다. 기계가 나를 이해한다고 희곡에 쓰여 있기 때문이다. 연출가는 지도했다.

연극은 갈등이라고. 평론가가 잡지에 썼다. 싸움 구경이 제일 재미있다고. 예수가 썼다. 싸우지 말라고. 철학자가 썼다. 희생하라고. 성직자는 쓴다. 그래야 이길 수 있다고. 평론가는 쓸 것이다. 생각해보아야 할 것들은 많지만 나중에 하자고. 그래 그러자. 나중에 하자. 나는 상자를 옆구리에 끼고 무대를 내려갈 것이다. 그래 여러분. 지옥에서 만납시다. 생각을 들고. 아직 지옥이 없어서 지옥부터 만들 것이다.

상자가 만들 것이다.

액체와 희망

누나들과 화장실 세면대에서 섞고 있는
액체의 용도는 무엇?

섞을 것이 다양한 화장실,

선반

세면대의 액체들은 새로운 액체
그러나 언제나 익숙한

빛깔

누나들을 보살피러 나의 모친이 때때로 옆집에 반찬을
들고, 따라간다 나도 함께 보살피려고
　샴푸 휴지 타액 향수 타액 샴푸 향수 휴지 섞는 순서를
중요하게 생각하자 조합법들을
섞을 것이 떨어져도 섞을 수 있게 중요하게
생각했다 세면대에다
오줌을 섞고 있는 누나, 과감히, 우리가

섞어 만들 액체의

어떤

용도는 위험하다 안전에 대한
감정이 전혀 없는

이웃

누나들, 너희들은 만들 거야 어떤 액체를, 세면대를, 무
엇이든 뚫고 내려가, 지구의 반대편에 가 닿는 나쁜,
너희들은 세상에다 구멍을 내고, 그제야 너희들은 후
회하겠니?

그래, 애야, 우리 집에
구멍이 나도

네 탓은 안 할 거야
예쁜 동생아

그런 미친 사람들의 세면대에서
과학자가 되는 꿈을

나는 가진다

컴플리케이티드

예언자를 활용하기 위하여 우리들은 예언자를 수용하였다 우리들은 예언자를 선실 창고에 가두어 수용하고 항해하면서 황소자리 게자리를 거의 동시에 지나갔다 새 아이가 태어났을 때 그 아이의 출생별은 수억 개이고 수억 개의 별에 배가 정박하여서 각각의 천체들을 기록할 때에 우리들의 예언자가 창고에 누워, 수억 장의 별그림을 흩뜨려놓고 수억 장의 신기한 동물의 종을, 수억 장의 낯선 물체 그림을 그리다가 영영 일어나지 못하게 된 때, 우리들은 아까 낳은 우리 아이를 예언자로 활용한다 창고에 넣고, 예언자가 하는 일은 예언이어서 예언 말고 아무 일을 할 수 없도록 수용하는 일에 대해 설명하였다 배는 항상 더 빠르게 진화하여서 지금의 예언자인 새 아이들이 예전의 예언자인 어떤 사람의 운명을 완벽하게 분석하도록 활용되는 것에 대해 수용하면서 낯설었던 신기한 별자리들을 우리들은 순식간에 지나가면서 설득하는 일은 무척 중요하였다 사람들은 사람들을 설득하려고 설득당할 사람들을 낳는 것이다

돌 포비아

냉동고 문을 열고 일어난 나는 남편의 냉동고를 열어 보았고 남편의 냉동고는 비어 있었다 시어머니의 육체는 감염되어서 시어머니 냉동고는 열리지 않고 우리는 앞으로 30년 후에 목적지에 도착한다 목적지에서 안전하게 어머니를 꺼내야 한다 남편은

무서운 돌을 보았다

냉동고에 들어가서 눈을 감으면 그 돌이 떠올랐다 꿈에서 그는 징그러운 돌 때문에 고통받았고 냉동고는 남편의 악몽을 읽고 냉동고는 남편을 깨워주었다 눈을 뜨고 있어야 해 눈을 감으면 그 돌이 떠올랐다 눈꺼풀이 깜박일 때 깜박, 깜박, 깜박 속에서

어김없이 나타났다 무서운 돌은

남편은 창문마다 커튼을 쳤다 묘사가 얼마나 쓸데없는지 남편은 깨달았다 3천 년 전 19세기 소설가들이 아름다운 여자에게 첫눈에 반해 아름다운 여자를 소개할 때

에 그 여자는 세상에서 데이지

밀러,

그녀는 누구보다 아름다웠다

세상에서 가장 무서운 돌을 당신에게 설명하기 위해서
는요 세상에서 가장 기괴한
어떤 돌이 어떻게 생겼는지를 돌의 무늬 돌의 색깔 돌
의 크기를

묘사해선 안 됩니다

무서운 돌은 세상에서 가장 무섭단 말만 수식할 수 있
는 거요 이해하겠어? 이해해요, 그런데 나의 남편아 냉
동고에 어머니가 꽁꽁 얼어서 돌처럼 굳어 있어 30년 동
안 살이 썩어 굳어 있을 어머니 몸이 세상에서 제일 끔찍
한 무서운 돌이라고 나는 생각해

냉동고에 들어가면 냉동고가

우리를 깨워

우리는 이제부터 30년 동안 꼼짝없이 늙겠구나 나의

남편이 졸음을 참지 못해 의자에 앉아 돌 꿈을 꾸고 있다

커튼을 걷고 나는 본다 저 멀리 돌들의 강 아주 숭고한

레파도미솔

검지를 접었다 펴고 약지를 접었다 펴고 엄지를 접었다 펴고 중지를 접었다 펴고 새끼를 접었다 폈다

오각별을 상상하면서

오각별이 사라지면 다시 그리고 오각별이 사라져서 다시 그렸다 오각별을 처음 그린 그날부터다

뒤집힌

오각별은 염소 머리의 신 나는 가끔 그렇게도 그렸는데 솔미도파레 그게 그런 뜻인 줄은 전혀 몰랐다

레파도미솔

눈물의 방

무중력 상태에서는 눈물과 오줌이 공중을 날아다닌다
물방울이 기계 속으로 들어가면
　기계가 망가진다

　그래서

　눈물의 방이 필요한 것이다 사람들이 언제 울지 모르
기 때문에
　사람들은 눈물의 방에서 살아가야 한다

　눈물의 방은 피난선에서
　가장 큰 방이고

　화장실이다

　그렇다면 물방울의 방이지만 아무도 물방울의 방이라
고 부르지 않는다
　사람들은 배출하고 청소기는 빨아들인다

피난선은 그 자체로 피난소라서 피난소를 찾고 있는
피난소였다
사람들은 눈물의 방에서 썩은 물이 된다

혼자 남은 피난민은 고향과 가족을 잃은 사람이다 혼
자 남은 피난민은
함께 살던 피난민도 모두 잃었다

외로운 피난민은 어제 죽은 피난민을 청소기로 빨아들
였다
피와 뼈가 바깥으로 배출되었다

그가 조타실의 문을 두드렸을 때 문이 열리지 않았다
그렇다면 그는 선장도 잃은 것이다 선장을 빨아들이러
가기 위해서
그는 문을 때리기 시작한다 눈물의 방의 문이다

가장 좋은 목표

세상에서 나무가 가장 착하다. 세상에서
나무가 가장 좋다고

선생님이 그러셨다. 죽어서
나무가 되고 싶다고

선생의 가족들이 선생을 묻고 있었다. 신성한 나무 앞
에 구멍을 파고, 시체를 넣은 다음 꾹꾹 밟고서 선생의
손자들은 선생이 벌써 나무로 변했다고 생각한 걸까? 다
밟고
뿌듯하게,
사람들이 커다란 나무줄기를 양팔로 안아볼 때 선생님
제발

선생님,

나무가 되지 마세요. 가장 좋은 목표는 소망하였다.

2

자살한 자들이 죽어, 나무로 변한다는 지옥은 책에서
읽은 지옥이다. 선생은 늙어 죽은 것이었지만,
　가장 좋은 목표가 매일 아침 산보하는 산책로에는 선
생이 묻혀 있는 고목 한 그루.
　인간의 의지는 자유로워서 당신은 나무 밑에 잠들었
지만

　가장 좋은 목표가 있는 힘껏 발로 찰 때에
　소리를 내는 것은 마찰이었다.

　이보세요. 나무를 차지 마세요. 공원의 관리인이 고함
을 쳤다. 언어라고 볼 수 없이, 체계가 없이.

　나무 위에 앉아 있던
　새가 울었다.

나무가 있는 곳에 새가 있어서 지옥에도 새가 있다. 책에 따르면. 거기에 있는 것은 여기에 있다. 책에는 없는 것이 여기에 있다.

3

이 나무가 가장 좋은 목표입니까? 맞습니다.
이 나무가 그 아입니다.

팔 대신 날개 달린 어떤 남자가 지옥숲의 관리인과 돌아다녔다. 나무가 가장 좋아
죽었을 때에 관리직을 자청했던 어떤 인간과
가지를 숨아주러 돌아다녔다.

변명을 시작하렴. 절단면으로, 생채기가 입이란다 말을 쏟으렴.

이분은 들어주러 오신 거란다.

그러나 그 나무는 침묵하면서, 뿌리들의 의지는 자유로워서. 땅 밑에서 뿌리들은 서로 옥죄며,

피와 말을 이미 쏟고 있는 것이다. 어둠 속의 뿌리들이 뻗어나가며. 서로에게 생채기를 새길 때 제발.

선생님.

선생님, 어디 계세요? 선생님, 제 생각이 맞았습니다. 선생님, 제 생각이 틀렸습니다.

새처럼 지저귀고 있는 것이다.

이보세요. 나무를 차지 마세요. 지옥숲의 관리인이 고함을 쳤다. 세상에서 나무가 가장 착하다. 세상에서 나무가 가장 좋아서. 관리인이 가꾼 숲은 광활하여서. 날개 달린 순례자는 땅이 울리는 것을 느꼈다. 책에 써야지. 땅속에서 새소리가 들렸다. 종이에 쓰고 보니 불필요했다. 그래서 지웠다.

의도하지 않았다

판단1

사람의 마음은 어두운 숲이다 판단2 어떤 이들은 어두운 숲의 사람들을 이해하고 싶다 판단3 고통받는다 나는 절대 이해하려 들지 않는다 가능한 것은 판단4 나의 마음은 어두운 숲이다

판단들

나는 코스타리카의 정글에서 영화를 찍고 있다 장마철이다 이 정글은 사람의 마음처럼 어두운 숲이다 판단을 내린 자는 자신이 내린 판단에 호감을 가진다 너를 판단하면 너에게 호감을 가지게 된다 너는 우리 영화의 배우다 너는 사람을 때린다 스태프들은 너를 좋아하지 않았다 어떤 관객들은 너를 사랑했다 너는 의사의 처방을 따르지 않고 나는 너의 히스테리를 이해하지 않는다 너는 내 손에서 우리의 카메라를 뺏으려 들고 나는 우리의 카메라를 놓지 않는다 우리들의 영화다 너와 내가 우리다 알아뒀으면 숲에 사는 원주민들은 엑스트라로 섭외된 자

들이다 우리들이다 제작자들은 도시에 있었다 나흘 전
의 일이다 헬기를 타고 그들이 왔다 사흘 전의 일이다 여
러분 세계가 멸망하고 있습니다 우리들의 가족들도 모
두 죽었습니다 이 정글도 3일 후면 비를 맞을 겁니다 사
흘 전의 일이었다 도시에 다녀왔다 이틀 전의 일이었다
정말이었다 이해가 안 된다면서 배우가 무엇이든 때리고
찼다 원주민들이 배우를 죽이려다가 그만두었다 나는 카
메라를 들었다 니콜라스 케이지가 떠났다 스태프들과 제
작자도 여길 떠났다 어제의 일이다 원주민들과 함께 풀
을 씹는다 우리들은 팔베개를 하고 눕는다 우리들의 영
화에서 나는 목소리로 등장한다 폭포가 등장하면 폭포라
고 발음한다 배우가 등장하면 그의 이름을 발음한다

상영

나무 강 마호가니 쐐기벌레 잎사귀 벌레 한편으로는
기쁘기까지 했다 당신들과 함께 마지막 영화를 찍을 기
회를 얻었다는 사실이 위안을 준다 급류 염산 여기 이 꽃
잎 좀 봐 정글 빗소리 외계 행성의 고고학자들이 지구를

탐사한다면 이 영화가 그들의 마지막 영화야 녹색이야 백색이야 갈색이야 판단을 늘어놓을 것이다 감독들이 누워 있다 부바르 제임스 니콜라스 케이지가 뛰어간다 돌아와요 촬영하지 않을게요 보세요 버렸어요 카메라 버렸어요 이 음악은 세상의 모든 아침이라는 제목을 가지고 있다 이들은 이 숲의 원주민이다 이들은 그들의 자식이다 우리들은 인류 최후의 영화관객이 될 것이다 상영을 시작한다 마노 하따 마노 하따 여길 봐달라는 뜻이다 우리가 마지막 영화를 관람하는 모습이 카메라에 담길 것이다 그렇다면 그 영화도 마지막 영화다

지옥

내가 시인이 아니라 고대 그리스의 철학자였으면 좋겠다 너도 그랬으면 좋겠다 영상 다큐멘터리 감독이 우리 둘의 일생을 촬영했으면 좋겠다 둘의 철학은 구별된다 너는 나의 태도를 나는 너의 생활을 사랑한다 너와 나는 지옥이 무엇인지에 대해 종종 의견을 나눈다 지옥은 내가 아직 겪어보지 않은 곳이다 내 관점이고 지옥은 이미 겪은 괴로움을 겪는 곳이다 네 관점이다 내가 맞다 내가 지옥에 가면 나는 거기가 지옥이 아니라고 할 것이고 네가 옆에 있다면 너는 여기가 지옥이 맞다고 할 것이다 아니야 여기보다 더 괴로운 데가 있을 거야 너는 지옥에서도 내 해석을 좋아해줄 것이다 그러나 너는

둘 중 하나가 병에 걸려 먼저 죽으면 다큐멘터리 감독이 편집을 시작했으면 좋겠다 은근슬쩍 한쪽 편을 들어주었으면 좋겠다 그리하여 시름시름 앓고 있는 나의 거처로 영상 다큐멘터리 감독이 찾아온 것이다 그에게 마지막으로 하고 싶은 말이 무엇입니까? 나는 잠시 고심하다가 손으로 땅을 짚었다 천천히 상반신을 일으켜 세우고 카메라를 똑바로 쳐다보았다 고르기아스, 난 항상 왜

네가 누구랑 있는지가 궁금하지? 내 앞에는 아테네의 다
른 모든 시민들처럼 은근슬쩍 너의 편만 들어왔던 감독
님이 서 계시다 너는 지옥에서 누구랑 있나?

나는 계속 이렇게 할 수 있다

눈동자라는 테마로 시 한 편과 2백 자 원고지 7매 내외의 산문을 청탁받았다. 같은 주제로 시도 쓰고 산문도 써야 할 때면 항상 시를 먼저 쓴다. 시 쓰는 게 산문 쓰는 것보다 더 많이 시간이 걸리기 때문이다. 하지만 이번엔 산문을 먼저 쓰고 그 산문을 레퍼런스 삼아 시를 써보려고 한다. 산문은 눈동자와 총기에 관한 글이 될 것이다. 유년 시절, 한의원이나 약방에 가면 노인들이 나보고 눈에 총기가 있다고 그랬다. 그런 얘기를 지겨울 만큼 많이 들었다. 내가 쓸 산문의 제목은 「유달리」다. 시의 화자는 필자의 아버지다. 그는 내가 쓴 「유달리」를 읽는다. 그는 내 앞에서 방백한다. 승일아 네 눈은 이제 총명하지 않다. 네 눈은 무척 사악하다. 어쩌다가 이렇게 되었느냐? 「유달리」가 완성되면 이제 시를 써야지. 그 시의 제목은 「안광」이다. 하지만 「안광」은 쓸 수 없을 것이다. 왜냐면 내가 지금 쓰고 있는 이 글이 한약방 얘기가 아니라 어떻게 무엇을 쓸지 고민하는 글이 되어버렸기 때문이다. 따라서 이 글의 제목은 「유달리」가 아니다. 나는 계속 이렇게 할 수 있다. 이렇게? 이렇게가 무엇인지를 설명하는 것은 나중으로 미루겠다. 어쨌든 나는 지금 쓰고 있는 이 산문의 제목을 「나는 계속 이렇게 할 수 있다」라고 지을 것이다. 그리고 절대 번복하지 않을 것이다. 물론 나는 다음 문단에서 "이 산문의 제목은 「꿀과 요거트」다"라고 주장할 것이다. 혹시 또 모르지, 이 산문이 완성되면 그냥 「눈동자」라는 제목이 제일 적합해 보일지도. 그럼에도 내 의지는 확고하다. 어떤 일이 있어도 이 산문의 제목은 「나는 계속 이렇게 할 수 있다」일 것이다.

이 산문의 제목은 「꿀과 요거트」다. 오사마 빈 라덴이 죽었을 때, 『이코노미스트』는 그의 생애를 재조명하는 특집 기사를 실었다. 그 기사의 제목은 「가정적이고, 아내와 함께 백마를 타고 돌아다니며, 꿀과 요거트를 좋아했던 한 남자」였다. 눈동자라는 단어를 듣거나 볼 때면 자주 오사마의 눈동자가 가장 먼저 떠오른다. 나는 그를 뉴스에서 처음 봤다. 그의 눈에서는 어떤 확고한 의지 따위가 전혀 느껴지지 않았다. 왜 저 사람을 잡을 수 없는 거지? 저렇게 피곤해 보이는데. 저 사람은 왜 저런 데서 저러고 살지? 그런데 지금 인터넷으로 그의 사진을 다시 찾아봤는데…… 의지 충만이다. 동영상에서 봤을 때는 만사가 다 귀찮은 것처럼 보였는데. 지금 다시 동영상도 찾아봤는데 의지 충만이다. 내가 봤던 동영상에서는 이렇지 않았다. 내가 봤던 동영상을 찾아서 보여주고 싶다. 하지만 글로는 보여줄 수 없다. 글은 동영상이 아니기 때문이다. 데뷔하고 얼마 안 있다가 고등학생 때 시창작 선생님이었던 김지혜 시인을 만났다. 너 요즘 이상한 것 같다. 어디 안 좋니? 왜 눈을 똑바로 못 바라보니. 옛날엔 안 그랬는데. 그녀에게 그 말을 들은 다음부터 나는 누굴 만날 때마다 언제나 눈을 똑바로 마주치기 위해 노력하고 있다. 숨을 쉬어야겠다고 생각하며 숨을 쉬면 숨이 잘 안 쉬어진다. 나는 너의 눈을 보고 있는데, 너는 내가 네 눈을 응시하고 있다는 것을 영원히 알아채지 못할 것이다. 헤겔은 그리스 조각상의 눈동자가 예술의 핵심이며 절대정신을 표상하려는 노력이라고 보았다. 나는 헤겔이 동영상이 없을 때 태어나서 절대정신 같은 얘기를 했다고 본다. 사진에서 나는 총기 충만이다. 셀프 동영상을 찍어볼까. 렌즈를 똑바로 바라볼까. 그럴 수 있을까. 누가 그럴 수 있단 말이냐. 이 글의 제목은 「나는 계속 이렇게 할 수 있다」이며 시의 제목은 아직 잘 모르겠다. 알게 되면 후에 이 산문에도 덧붙이겠다.

어시스턴트

1

눈에 대한 산문 앞에 앉으면 어떻게 눈에 대한 산문을
쓸 것인지에 대한 산문이 되었다 눈 앞에 앉으면

너는 다른 사람 눈을 똑바로 보지 못하는구나
(누군가가 내게 했던 말이다)

라는 문장이 생기는데 문장이 생기는데라는 문장 앞에
앉으면 문장이 생긴다는 문장 대신 그때부터다 내가 다
른 사람의 눈을 똑바로 보지 못하게 된 것이라는 문장이
생긴다고 써야 한다라는 문장이 생긴다 이것이 1이다 내
가 눈동자에 대한 산문을 어떻게 쓸 것인지에 대해 쓴 산
문에서 언급한

이렇게다

2

선생님이 그러셨죠 너는 다른 사람 눈을 똑바로 보지 못하는구나 장님 독서광에게 조수가 있습니다 아테네의 철학자에게 진리와 현상을 대신 암기하는 조수들이 있습니다 종목별로요 건드리면 읊습니다 고르기아스 1년 전에 문답했던 소피스트 청년의 둘째 아들이 올해 몇이냐? 여덟 살이요

내가 대부호가 되면 조수가 되어주겠니?
제가 약간 좋아하는 똑똑한 애들 약 7명이 그러겠다고 했어요 조수들이 생길 겁니다
선생님에게도 여쭈어보겠습니다 저 대신 다른 사람의 눈을
똑바로 보고 다니시다가 제가 건드리면 보고하세요

똑바로 봤다고 하세요

7인의 조수들아 너희들은 저 선생보다 더 자세히 보고

해라 돈도 더 줄게 7인의 조수들은 세상에서 가장 아름다운 풍경 앞으로 파견될 것이다 7인의 조수들은 장님 대부호에게 엽서를 보낼 것이다

묘사일 것이다

조수들이 보낸 엽서를 선생이 낭독하면
대부호가 심사를 한다

그는 조수들을 병상으로 불러 모은다 조수도 셋밖에는 남지 않았다 그는 눈을 크게 뜬다 7인의 조수님들 저의 눈을 똑바로 봐주세요 조수들은 대부호에게 엽서를 보낸다 오늘은 선생의 눈을 똑바로 보았습니다 대부호가 되어도 더 쓸 말이 없으면 기분이 좋을까?

대부호는 넣기로 한다 눈에 대한 묘사다
그것이 3이다 3에는 묘사가 있다

홀이 모든 것이 숫자로 보인다고 했다

보르헤스

어떤 아침 그가 내게 물어보았다
보르헤스, 무엇이 보이지?

내가 무엇이 보이는지 말해주었을 때
그가 나를 후려갈겼다

멍청아 보르헤스는 장님이야

나에 대한 정보가 부족한 사람이군 장님도 본다 눈을
감아도 안개가 보인다
나는 아직 노란색과 파란색 그리고 초록색을 볼 수 있
는데 그는

아무것도 보이지 않아요
이렇게 말해야지 그는 실명의 세계를

상상하는 사람이다

기계의 주인

감옥엔 다른 이들도 있다 나는 병역을 거부하여 여기
에 수감되었고 그 전에는 화가였고 그 전에는 시인이었
다 오늘 아침에 무서운 일이 벌어졌다 나는 그 광경을 그
림으로 그려보고 싶었지만 눈을 뜰 엄두가 나지 않았다

나는 내가 시인이었을 때를 기억해
이렇게 시를 쓰다가

나는 내가 오늘 한 번도 눈을 뜬 적 없었다는 사실을
깨달았다 누가 내 몸을 들고
"너는 이제 다시 그냥 기계다"라고 입력했는데

나는 이 일이 이제 너는 시인도 아니고 앤디 워홀도 아
니고 병역을 거부하지도 않았다는 것만을 의미한다고 믿
었던 것이다 그러나 그건 내 눈이 이제 다시 기계눈이라
인간이 보는 방식과는 다른 방식으로 햇살을 보게 되었
다는 것을

뜻했던 것이다

하지만 만약 이 시의 화자인 기계가 정말로 자기가 기계라고 믿는다면 애초에 홀*에는 눈이 달려 있지 않다는 사실을 확실히 인지하고 있을 것이다 그러므로 누군가가 내 기계를 들고 다음과 같이 입력했음이 틀림없다 너는 고장 난 홀이다

* 키워드를 입력하면 자신이 그 키워드(지시체)라고 착각하는 기계.

신뢰

기계가 되고 싶다고 했지? 기계가 되는 법을 너는 몰
랐지? 아직 몰라 답답하고 안타깝게도
　우린 아직 기계 되는 법을 모르고 기계들은 네가 된다
　본질적으론, 기계들이 네가 되면 기계가 너고 기계인
너는 오늘 되고 싶은 게
　되어 있고 너는 이제 만족했을까?
　입력하면 기계들은 믿는 것이다 믿기지가 않을 텐데
망설임

　없이

기계에게 입력했다 너는 부자야 기계가 대답했다 나는
부자야 누가 내게 물어봤다
　너는 부자야? 기계처럼 대답했다 나는 부자야
　기계처럼 대답해도 나는 부자가
　아니구나
　만약 내가 진짜 부자면…… 믿을 수가 없을 거다 너무
좋아서
　믿을 수가 없습니다 오늘 이렇게 자수성가했습니다

집을 샀어요

믿을 수가 없습니다 당첨금으로 많은 돈을 받았어요
부자입니다 8개월을 따라다녀

어떤 여자와 연애하게 되었는데 다음 날 아침

믿을 수가 없었는데 믿고

싶었다

믿을 수가 없는 일이 일어났기에 어떤 아침 내가 가진
몸과 마음은 시작하고 싶지 않다 오늘 하루를

샤워실에 들어가서 물을 맞으면 일어나지 않은 일을
잠이

덜 깨서

일어난 줄 알았단 걸 알게 되겠지 물을 맞고 차가워서

주저앉아서 믿을 수가 없는 일을 믿어버렸어 믿을 수
가 없는 일을 왜 믿었을까? 한심할까? 웃어볼까?

막 서러울까?

어떤 아침 내가 가진 몸과 마음은 침대맡에 두고 잤던 작은 기계에
손을 뻗어 입력한다
여러 직업을 여러 감정 어떤 혁명 작은

믿음을

생산했지 사람들은 너를 좋아해 찍어냈지 복제했지 믿고 싶어서 구입하고 입력했지 내가
되어서
일어나지 않은 일을 너는 믿는다 일어났던 모든 일을
너는 믿는다
믿고 싶지 않은 일을 너는 믿는다
어떤 아침 나는 나를 움켜쥐고서 입력하는 일에 나는
의지하면서 가끔 나는 될 것이다
죽은 사람이 그 사람이 살아생전 되고 싶었던

것은

너는

될 것이다 죽은 사람이

되는 것은 행복하다 보지 않고도 믿는 자는 행복하다

되지 않고도 되었다고

믿는 너를 행복한 너를 팔을 뻗어 만져보는 새로운

아침

행복한 죽음

"그녀의 아버지는 일본인이고 어머니는 러시아 사람
이라더군."

그 한국인은 나보다 그녀에 대해 더 많이 알고 있었습
니다 우리는 한국의 고등학생이었어요 그날 이후, 집에
서 통일교에 대해 알아보는 것이 제 소일거리가 되었습
니다 기계가 말했다

여러분, 이 기계에게 그녀의 부모님 얘기를 해준 한국
인이 제 고조할아버지랍니다 묘한 우연이죠? 큐레이터
가 씩 웃으며 기계의 말을 끊었다 자 그러면 기계님 계속
말해보세요 그 여자가 음절을 똑똑 끊어가며 말하는 것
을 듣고 있자니 기분이 몹시 언짢았다

그녀에게 나도 통일교를 공부하고 싶다고 했습니다 기
계음에는 높낮이가 없었다 그녀는 너무나도 기쁜 표정을
지었습니다 우리는 수련소에 함께 다녔고, 그녀의 부모
도 저를 환영해주었어요 그녀의 부모는 제 선생님이 되
었습니다 통일교에서는 꼭 참부모가 맺어준 사람과 결혼
을 해야 하나요? 선생들은 꼭 그런 것은 아니지만 그럴
것을 추천한다고 답했습니다 그러다 기계 수술이 생겼습

니다(기계는 여기까지 매우 빠르게 말했다) 그녀는 죽음을 두려워했습니다 선생들은 울부짖으며 그녀의 선택을 막으려 들었습니다 기계가 되는 수술을 받겠다고 기계가 되는 수술을 기계는 그녀의 부모들을 흉내 내는 듯했으나 기계음에는 높낮이가 없었다 뻬뜨로브나 네가 수술을 받으면 나도 받을게 기계는 계속했다 수술을 받고 깨어나 보니 그녀가 없었습니다 그녀의 집으로 향했습니다 선생들은 그녀가 수술을 받다가 성화했다고 했습니다 죽었다는 뜻입니다 통일교를 믿는 자들은 죽음을 슬퍼하지 않습니다 그러나 나는 슬펐습니다 선생들도 슬퍼 보였습니다

아시겠나요? 저 기계는 뻬뜨로브나를 만나기 위해 통일교를 믿는 거예요 그 옆의 기계는 남편을 만나기 위해 불교를 그 갈색 기계는 어머니를 만나기 위해 기독교를 믿는 것이죠 기계들과 조금 떨어진 곳에서 큐레이터가 큰 소리로 재잘거렸다 저희 박물관은 이렇게 희귀한 신앙심들을 전시하고 있습니다 사라진 종교들을 아직도 믿고 있는 몇몇 기계들을 만나고 오셨습니다 특히 통일교 기계가 인상이 깊지요 그 기계가 사랑했던 여자가 제 고

조할머니랍니다 맞아요 뻬뜨로브나죠

　나는 그날 이후로 너무 많이 슬플 때면 전시장에 가곤 했다 통일교 기계의 옆에 앉아 있으면 마음이 편안했다 뻬뜨로브나의 손녀가 떠들어댈 때 나는 기계의 미소를 상상하거나 눈물을 상상했다 그가 인간이었다면 어쩌면 우스꽝스러운 불구자였을 것이다 나는 종종 그런 생각을 하면서도 박물관으로 매일 출근하다시피 했다 그것은 우정 같은 그 무엇이라고 볼 수도 있었다

유리해변

같이 유리 깔던 여자는 이제 해변에서 눈이 맞은 어떤 남자와 밤만 되면 어디로 가 눈이 맞은 남자의 앞에 사랑이란 단어를 꺼내 보였다 여자는 남자에게 너를

사랑해

그런 말을 할 줄도 알았구나 너 이 밤 나는 바닷가의 모래사장에 서서 나는 날카로운 유리 조각을 모래 속에 섞고 있다 하는 일이다 자루에 든 다양하게 깨진 것들을 해변 위에 뿌리다가 지쳐

피곤해

거기 누워 꿈을 꾸면 못 일어나면 나는 내가 아닌 어떤 다른 사람이 될 수 있어 꿈속에서 해변 위에서 그 사람은 깨어난다 여긴 어딜까 그 사람은 맨발이다 걸을 것이다 발에 아픈 유리 조각 수십

조각이

박혀 피가 흘러 얘기 들은 적 있어 유독 특히 아름다운 해변만 골라 유리를 깔고 가는 남녀 이야기 공감할 수 없는 얘기 어째서 여기 이 해변이 유독 특히 아름답나요?

순례를

떠난 거야 남녀 한 쌍이 유리를 깔고 떠난 해변들 그는

이해하고 싶은 거야 뭐가 그렇게 아름답고 특별한지 경이로운지 수많은 시인들이 관광객들이 밑창이 참 두꺼운 아주

무거운

신발로 갈아 신고 해변에 서서 서로에게 동의한다 참 아름답지? 시상이 떠오르지? 참 경이롭지? 여자는 남자에게 넌 아름다워 해변에서 나는 너를 정말 사랑해

유리해변

모래사장 내 꿈속에서 그 사람은 친구 없는 사람이구나 그 사람은 가족 없는 사람이구나 그 사람은 하고 싶은 일이 없어서 할 수 있는 일을 한다 이해를 한다

이해를

해야 한다 유리해변을 이해하고 싶은 그는 유리를 깔고 날카로운 유리 조각 아픈 것들을 모래 속에 섞고 있다 하는 일이다 온몸에 수십 개의 유리 조각이 박힌 채로 나는 여기 해변에 누워 피를 철철

흘리면서

잠에서 깨어 너무 많이 박혔다고 생각하였다 몸에 박힌 불투명한 이 유리들은 그 여자와 내가 어제 깔아놓은

것 어제 내가 너와 여기 깔아놓은 것 이해할 수 없는 일
은 꿈속의 일들

꿈에서도

나는 했다 유리 까는 일 꿈에서는 혼자 했다 유리 까는
일 조금 있다 어디 갔던 당신이 오면 하고 싶은 말이 있
다 아름답구나 하고 싶은 일이 있다 사랑이란 일 꿈속의
일 조금 있다 당신이 와서

너

어째서 온몸에다 피칠갑했어? 뭘 했길래 온통 몸에 유
리가 박혀? 빨리 씻어, 씻겨줄게, 울먹이면서 끔찍해 끔
찍하단 말만 하였다 살갗이 바닷물에 닿아서

쓰려?

끔찍해 네가 눈을 질끈 감고서 끔찍하단 말만 계속 반
복할 때에 그건 내가 이해하는 유일한 단어 해변에 유리
까는 어떤 사람은

이해했다
나는 가끔 이해받았다

여기까지 인용하세요

엠에프 기획전을 위한 단상

엠에프는 머신 픽션의 약어고요 기계 앞에 앉은 사람에 대한 시를 쓴 다음부터 쓰게 되었습니다 키워드를 입력하면 자신이 그 키워드(지시체)라고 착각하는 기계에 대한 글도 썼는데요 저는 그 기계를 홀이라고 부릅니다 엠에프는 인간이 기계의 메커니즘은 이해할 수 있지만 영혼은 이해할 수 없으며 기계의 영혼을 영혼이라고 명명할 수도 없다는 전제를 바탕으로 둔 장르입니다 기계에 파롤이 있다면 이 역시 포함시킬 수 있겠습니다 최근에 어떤 기계가 되고 싶냐는 질문을 받았습니다 시 쓰는 기계랑 쾌락 느끼는 기계랑 꺼진 기계랑 망가진 기계랑 없어진 기계랑 다시 만난 기계가 되고 싶다고 답했습니다

계획은 이렇습니다

엠에프를 쓸 것입니다 여러분도 씁니다 나중에 엠에프에 대한 전시가 미술관 같은 곳에서 열릴 것이고 전시장에 있는 유리 케이스 안에 우리들의 책들이 전시될 것입

니다 케이스 밖이나 안에 전시 관련자가 쓴 글이 첨부되어 있을 겁니다 거의 에이포 용지 크기일 것이고 그 글의 서두에는 이 책들은 직간접적으로 엠에프와 관계한다고 쓰여 있을 것이며 유리 케이스의 옆에는 홀이 있었으면 합니다 홀을 작동시키기 위해 당신은 홀이 자신이 홀임을 의심하지 않고 의심할 수 없고 의심하지 못하고 있다는 것을 믿어주셔야 합니다 기계 앞에 앉아 계세요 충분하다고 생각되는 만큼 전시 관련자는 당신이 지금 읽고 계시는 이 글의 전문을 인용하고 다음과 같이 덧붙일 수 있습니다

엠에프를 처음 전개한 사람의 초기 발상은 자신이 만든 종교가 사이비라는 것을 처음부터 대중에게 주지시키면서도 자신은 그 종교를 믿겠다고 피력하는 일종의 라이프 스타일이다 하지만 이 전시는 발상을 전환한 탈주체적 라이프 스타일들을 백과사전 형식으로 나열하는 것에서 멈추는 것이 아니라 엠에프를 둘러싼 사회문화적 담론의 흐름을 통해 당대의

기계문과있었다

1

　사촌 누나와 엠디를 열면서 놀고 있다 엠디는 머신도어다 열려라 허윤희 참깨를 말해도 열린다 여기 사람들은 이 엠디가 열려라 참깨라는 문장을 말해야 열리는 줄 알지만 아니다 만약 열려라 참깨라고 말해서 열린다면 열려라 참깨는 더 이상 문장이 아니고 열려라참깨다 이 엠디 속에는 알리바바의 형이 도둑들에게 살해당해 누워 있다 그렇지만 도둑들이 기름을 뒤집어쓰고 죽었기 때문에 이제 여기는 노는 곳이다 할머니 때문에 사촌 누나 집에 오면 여기에 온다 한 명을 가둔다 암호를 설정한다 가둔 사람이 쪽지에 암호를 적어 문틈으로 전달하면 간힌 사람은 암호를 읽어야 한다

2

　사촌누나와엠디를열면서놀고있다엠디는머신도어다열려라허윤희참깨를말해도열린다여기사람들은이엠디

가열려라참깨라는문장을말해야열리는줄알지만아니다
만약열려라참깨라고말해서열린다면열려라참깨는더이
상문장이아니고열려라참깨다이엠디속에는알리바바의
형이도둑들에게살해당해누워있다그렇지만도둑들이기
름을뒤집어쓰고죽었기때문에이제여기는노는곳이다할
머니때문에사촌누나집에오면여기에온다한명을가둔다
암호를설정한다가둔사람이쪽지에암호를적어문틈으로
전달하면갇힌사람은암호를읽어야한다

3

　나는 2를 읽었다 문이 열렸다 어쩌다이런일만남았을
까를 읽었다 문이 열렸다 문 속으로 걸었다 이일이좋은
가를 읽었다 문 밖으로 걸었다 기계문과 사촌 누나와 있
었다 기계문과 그 애와 있었다 기계문과 그 애가 있었다
기계문과 친구가 있었다 기계문과 동생이 있었다 기계문
과 누나가 있었다 기계문과 동료가 있었다 기계문과 누
나가 있었다 기계문과 그녀가 있었다 기계문과 미래의

딸아이가 있었다 기계문은 암호들을 잃어버리지 않았다
오늘 그것들을 다 읽어보았다 나는 기계문과 있었다

장미정원

너는 다음과 같이 말했다 나는 너의 장미정원을 기억해 그래? 나도 네가 기억하는 곳을 기억해 나는 오늘 꼭 거기로

돌아가겠어

워프는 나를 앞으로 끌었다 그래서 나는 너무 앞에 있다 앞에 있어서 정원은 뒤에 있다
돌아가려고 정원을 앞에다가 두었다 워프

워프는

철문이다 고풍스럽게 철문이 열고 싶게 생긴 바람에 나는 계속 철문 여는 사람이었고
그래서 나는 오늘 너무

앞이다

행선지가 언제냐고 문이 물었다 어디냐고 어땠냐고 문

이 물었다 장미정원 그 이름이 너에게 어떤

  의미였어?

  큰 소리로 문이 물었다 열고 싶게 생긴 너는 내게 물
었다 그치지도 않고 실컷 너는 물었다 꽤 오래 문과 나는
문답하면서 나는 오늘 정말정말 너무 앞인데 문에게 대
답할 때 내가 얼마나 너무너무 앞인지를
  알게 되는데

  장미정원 그곳은 내가 다니던 대학교의 쪽문 옆에 자
리한 정원 열 송이는 되었을까 장미꽃들이?
  몇 송이
  열지 않은 꽃나무 옆에 커다랗고 넓적한 바위가 있어
어떤 밤엔 거기 누워 잠을 청했다 낮 저녁 새벽이든 대학
쪽문을 이용하는 사람들이 별로 없었다 이용하는 사람들
도 가끔

  있지만

저기요 왜 여기서 자고 있어요? 아무도 물어보지 않고 떠났다 단순히 자고 있는 것이 아니야

일어날 수 없는 거야 장미정원은 내가 붙인 이름이야 내 꽃나무

내 5월의 줄장미들만 내 마음을 화사하게 만들 수 있어 화사하게 만들 수 있어?

쌀쌀한

5월의 밤공기 속에 몸을 계속 비비면서 정원에 누워 너는 나를 영원토록 버리지 않지?

너는 나를 언젠가는 기쁘게 하지? 나는 평생 바위 위에 누워

영원히

장미정원 그곳에서 살고 싶었어? 문은 지금 내 앞에서

궁금해한다 너는 문을 열고 싶은 사람이잖아

   문을 열고 싶어야지 문은 안 열고 왜 거기서 살겠다고
마음먹었어?

   그땐 문이 발명되기 전이었잖아 네가 발명되고 이제
나는 너무 앞이야 기억에는 없던 철문이 장미정원 한가
운데 고풍스럽게 빨갛게 녹슨 채로 고풍스럽게

   있잖아

   너만 기다리고 있는 것이 아니야 나도 누굴 기다리고
있는 중이야

히말라야시다

선실의 박람회의 대구관館에서 나는 나의 손녀에게 알려주었다 이것이 바로 히말라야시다

선실에서 창문 밖을 바라보다가 옆에 있는 승객에게 말을 걸었다 보입니까? 히말라야시다

울창한, 저 행성의 나무들은 모두 히말라야시다

실재했던 대구에서 도로변에서 누가 내게 알려줬다 이것이 바로 히말라야시다

세계 삼대 미목이고 가로수이다 대구에서 도로변에 많이 심는다 세계 삼대 미목이요? 누가 정했죠?

세계가 좁았을 때 정한 거란다 나는 나의 손녀에게 대구관에서

행성의 숲을 본다

창문 앞에서

실재했던 대구시를 떠올려본다 실재했던 대구시의 도로변에서 이것이 바로 히말라야시다 그가 내게

그 사실을 알려주던 날 대구시는 박람회의 대구관처럼

내가 알던 사람들이 떠난 시였다 내가 알던 사람들과
밥을 먹은 시 친밀했던 사람들의 집이 있던 시 실재했던
  대구시는 그런 시였다

  대구에서 그날 내가 들었던 것을 박람회의 대구관을
마냥 거닐며 손녀에게 전하였다 들었던 대로
  이것이 바로 히말라야시다 내가 계속 다듬었던 관상용
시다

  관상용,

  귀에 거슬리는 단어다

무인도의 왕 최원석

나는 무인도다. 나의 왕은 최원석이다. 나, 무인도는 아직 최원석의 것이 아니지만 어차피 언젠가는 최원석의 것이 되지 않겠는가?

지금은

벌레들의 것이구나. 울퉁불퉁한 지면과. 폐에 나쁜 바닷바람의 것이구나.
나는 아직 나의 왕의 악몽이구나.

그리고

나는 다시 무인도가 되었다. 내가 이런 말을 하는 것은 내가 최원석의 것이었기 때문이다. 나는 다시 누군가의 악몽이 될 것이다. 내가 이런 말을 하는 것은 최원석이 죽었기 때문이다.

뒤늦게

최원석의 친구들이 놀러 왔다가 못 놀고 최원석을 수습해 갔다. 섬을 사서 독재자가 되겠다더니. 벌레만 죽이다가 죽어버렸군. 최원석은 수도관도 매설하였고. 유리로 된 건물들도 지어놨는데.

친구1도 친구2도 제 친구를 깎아내렸다.

오늘은

카메라 감독 한 사람과 영화감독 한 사람이 와서 최원석의 흔적들을 촬영하였다.
최원석이 마지막으로 남긴 말은 무엇입니까?

섬한테서 대답을 기대하는 양.

카메라가 쉴 새 없이
나를 찍었다.

배를 타고 떠나면서

계속 찍었다.

섬은 흘러가는 것처럼 보일 것이다.

채찍 든 사람

남자1은 신부에게 살인죄를 고백한다.

단순히 죽였다고 하지만 말고, 누구를 왜 죽였는지 말해주세요. 다 듣고서 보속을 드릴 겁니다. 그분이 이미 모두 알고 계신데.

내가 꼭 거기까지 말해야 되나?

굳이 꼭 거기까지 고백을 해야 형식적인 고백이 아니게 되죠.

그분은 이미 모두 알고 계시고. 그런데도 그분은 참고 계시고. 죄를 사해 주기 위해 이미 아는 걸, 듣겠다고, 말하라고, 또 듣겠다고, 그분답게, 그분답게 참고 계시지.

그분이 우아하게 계속 참아서 사람들도 우아하게 참고 있구나. 그리고 이것은 참지 못했던 사람들의 이야기인 것이다. 남자1은 자신이 쓴 극시를 꺼내 신부에게 읽어주기 시작하는데. 그것은 단순히 성경을 재해석한 것으로. 제목은 「채찍 든 사람」이다.

2

빌라도가 그들에게 "도대체 그가 무슨 나쁜 짓을 하였다는 말이오?" 하자, 그들은 더욱 큰 소리로 "십자가에 못 박으시오!" 하고 외쳤지. 그리하여 빌라도는 군중을 만족시키려고, 바라바를 풀어주고 예수를 채찍질하게 한 다음 십자가에 못 박으라고 넘겨주었어. 날이 저물고, 예수를 채찍질했던 라멕이라는 자와 에녹이라는 자가 보초를 섰던 거야. 얼마나 신나게 채찍질을 했던지, 라멕과 에녹의 손은 시퍼렇게 부풀어 있었지. 라멕은 방실방실 웃으며 예수의 마지막 외침을 흉내 내었어. "저의 하느님, 저의 하느님, 어찌하여 저를 버리셨습니까?" 흉내가 썩 괜찮았는데, 에녹은 좀처럼 웃지 않았지. "내 흉내가 마음에 들지 않는가?" 라멕은 계속해서 채근을 했고, 에녹은 한참을 망설이다가 속내를 털어놓았던 것이다. "꼭 그런 것도 아니었지만. 처음엔 나도 그 사람이 우리들의 임금이 아닐까. 혹시 내가 유대인의 임금을 때리고 있는 것이 아닐까. 조금 걱정이 되었다네. 네가 정말 이스라엘의 임금이라면 스스로를 구원해보시지! 학자들과 원로들

66

이 그자를 조롱할 때에. 그자의 주장대로 그자가 하느님의 아들이라면. 하느님이 얼마나 진노하실까? 세상이 망하진 않을까? 걱정이 되었어. 자네는 어땠나? 한 치의 의구심도 없었단 말인가?" 라멕은 자신의 가장 친한 친구에게서 눈을 떼지 않고 연신 고개를 끄덕였지. "그랬으면 좋았을 뻔했네. 세상이 망했다면 말이야." 라멕은 얼른 말을 이었어. "나는 이제 거의 마흔 살이네. 나, 라멕은 어차피 곧 죽는단 말이야. 눈 한쪽은 이제 거의 멀다시피 하였고 나머지 한쪽도 잘 보이지 않는단 말이지. 내가 죽으면 처자식은 누가 먹여 살리겠는가? 내가 죽으면? 지금은 잘 먹이고 있다는 건가? 나, 라멕은 이렇게 곧 죽을 사람인데도 장정 한 사람처럼 아직도 자꾸 배가 고프단 말이야. 먹을 게 생기면 우선 내 배부터 채우고 본단 말이지. 오늘 그자를 때리면서 내가 무얼 했는지 알아? 기도를 했어! 기도를 했단 말이야! 그 사기꾼의 뼈가 드러날 때까지 후려치면서. 속으로는 하염없이 빌고 있었어! 그 사람이 하느님의 아들이기를. 그 사람이 이스라엘 임금이기를! 하느님 제발. 이 사람을 위해 몹시 진노하세요! 이보게 에녹. 하느님의 진노는 곧 하느님의 증거가

아닌가? 에녹! 에녹! 나, 라멕은 천벌을 받아 마땅한 놈
이란 말이야. 나, 라멕은 이미 믿음을 잃은 지 오래란 말
이야. 알겠는가? 시간이 없단 말이야. 믿음을 회복할 시
간 말이야!"그래서 어떻게 되었냐고? 그 불쌍한 유대
인 무신론자는 친구를 끌어안고 대성통곡을 했지. 친구
가 우니까 끌어안긴 놈도 빽! 울음을 터뜨렸어. "뭐? 나
의 하느님? 나의 하느님? 어찌하여 저를 버리십니까? 너
이놈, 개 같은 협잡꾼아. 네가 무슨 권리로, 가엽고 불쌍
한 우리들을 시험하느냐? 얼마 없는 믿음까지 앗아 가느
냐!"그날 밤, 에녹은 라멕의 두 눈을 찌르고. 라멕은 에
녹의 두 눈을 찔렀다.

3

  그리고 신부가 연출가에게 물었다 남자1이 얘기를 들
려주는 동안 나는 무엇을 하고 있어야 합니까
  뛰어다니세요

저는요? 저는 가만히 서서 얘기를 들려줍니까? 아니요
쫓아다니세요

더 빨리 뛰어다니세요 필사적으로 쫓아다니세요 신부
와 남자1은 뛰는 속도가 느렸고
　연극 연출가는 그것이 마음에 들지 않았다

남자1이 신부를 하고 신부가 남자1을 해봅시다 돌아가
면서 계속합시다 마지막 관객이 나갈 때까지
　반복하면 없는 의미도 생긴다고 했다 사실이었다

4

남자1: 나갈 수가 없어 우리가 밖에 있기 때문이지.
(야외무대였다)

신부: 나가겠습니다!

남자1: 너는 떠날 수 없다 문이 없기 때문이다.
(진짜 없었다)

우리들이 나가지만 않으면 계속한대 관객들이 좀처럼
나가지 않았고 그리하여 에녹 라멕 얘기 하면서 남자1이
사다리에 올라갔는데 비가 계속 와서 되게 미끄러웠고
저러다 다치는 거 아니야 워워 너도나도 걱정을 했다

다쳤다

채찍

나는 아직 썩지 않았다.

인식의 확장

    도스또예프스끼가 쓰려다가 죽느라고 쓰지 못한 까라 마조프 씨네 형제들 2부를 쓰기 위해 나는 도스또예프스 끼다 나는 도스또예프스끼다 계속 중얼거리고 자고 일어 나서 팔이 차갑구나 내 아들 알료샤가 간질 발작으로 죽 었구나 그럴 때 까라마조프 씨네 형제들 2부라는 가제를 달아 장편소설 한 편을 쓰고 나는 도스또예프스끼가 아 니다를 중얼거리지 않아도 나는 원래 도스또예프스끼가 아니고 이 소설을 쓴 나는 도스또예프스끼다를 정말 많 이 중얼거린 사람이고 나는 내가 도스또예프스끼라면 이 소설을 이렇게 쓰지 않았을 것이라고 생각한다 헌신적인 세번째 아내 안나 그리고리예브나 도스또옙스까야는 요 양 중이던 도스또예프스끼가 구술하는 까라마조프 씨네 형제들을 속기로 받아 썼다 나는 도스또다를 계속 중얼 거렸던 나도 나의 아내에게 2부의 속기를 부탁했고 혁명 세력에 가담한 알료샤가 황제를 암살하는 장면부터 그가 처형을 당하는 장면까지 나처럼 아내의 표정도 좋지 않 았다 부인 이건 내가 쓰고 싶은 대목이 아닙니다 도스또 가 쓰려던 소설의 결말일 뿐이에요 당신도 내 아내가 아 닙니다 나는 안나다 나는 안나다를 반복하세요 우리는 잤다 부부는 일어났다 나는 도스또다 나와 나는 안나다 너의 표정은 여전히 밝지 않았다 기쁨이 없으면 결코 살아갈 수 없다는 말 기억하세요? 이 소설의 1부에서 알료샤가 했던 말이요 물론이죠 이 소설에는 모든 곳에 바로 그게 있어야 하죠 알료샤의 총살 장면에 계속 그걸 넣었다가 뺐다가 했다 넘어갈까요 계속 우릴 살게 하는 기쁨 같은 건 에필로그 속에 많이 넣으면 되죠 아니, 아니야, 이 소설에는 모든 곳에 바로 그게 있어야 한다 하지만 이대로 당신이 또 죽으면 어떻게 하죠 그들은 잠을 잤다 결말부가 완성되었고 에필로그 속엔 그게 많이 있었고 그리하여 나는 쓴다 나의 아내가 모든 것을 속기하고 있다는 걸 숙지하고서 나는 쓴다 안나와 도스또의 도스또에게 나라면 이렇게 썼을 거라고

아픈 아이와 천사

그녀도 실은 사진 속의 오리들이 귀엽다고 생각했다 그렇지만 끔찍하다는 생각이 훨씬 더 많이 들었다

애네들 다 죽을 거야 끔찍하다고 말해야 돼 귀엽다고 말하면 안 돼

비극적이지만 귀엽지 않습니까?

그녀가 하지 않기로 결심한 말을 누군가가 했다 2014년 이었다 한국을 대표하는 영화감독과 연예인, 소설가 등 16명이 양평에 모였다 이들은 석 달 동안 열두 차례에 걸쳐 사랑과 섹스에 관해 토론했다

섹스에 관한 시도 썼다

그날은

섹스 토론 모임에 독감에 걸렸거나 걸릴 것으로 추정되는 오리들의 사진이 돌았다 수많은 오리들이 구덩이속에 서 있었다 다 똑같이 생겼다 흙으로 덮기 전에 비닐로 덮어야 할 것이었다 실수로 비닐에 구멍이 날 것이었다 오리들의 피가 땅으로 배어 나올 것이었다

어떻게 귀엽다고 할 수 있지?

미친 사람 아니야?

섹스 토론 모임의 규칙은 섹스와 관련된 얘기만을 나눠야 한다는 것이다 오리는 섹스를 하고 나면 성기가 떨어져 나간다 다음 번식기에 다시 성기가 생긴다 인간은 언제 처음 자신의 의지에 따라 섹스를 할 수 있을까 그것이 오늘의 토픽이다

어렸을 때 백혈병에 걸려서요 섹스를 못 해보고 죽는다는 것이 무서웠어요 그래서 일찍 섹스를 했죠 아홉 살에 섹스를 했어요 사람들이 경탄했다 프랑스의 어떤 예술가는 여섯 살에 처음 했대요 그때는 그럴 수가 있었구나 살처분 사진이 또 한 장 돌았다

트럭이 오리알들을 구덩이에 쏟고 있었다 많았다

남아공 사람이 한국시를 쓰려고 쓴 시

고디머는 그날 어떤 사람이 카메라를 들고 다녔다는 사실을 알고 있었다. 아마도 그가 내 사진을 찍었으리라. 물론 사진사는 고디머의 사진을 아주 많이 찍었다. 만델라가 죽을 것이다. 그가 죽은 뒤 얼마 안 있어 서울에서 남아공 보도사진전이 열릴 것이다. 거기에 그 사진이 걸릴 것이다. 그 사진은 고디머의 독사진이 아니다. 그 사진은 남아공의 문인들이 한데 모여 맥주를 마시고 있는 사진으로 소개될 것이다. 존 쿳시와 비슷하게 생긴 네덜란드 사람 하나가 그 사진을 구경할 것이다. 네덜란드 사람은 왕년에 꽤 유명한 테니스 선수였다. 한창 존 쿳시에게 빠져 있는 젊은 시인 한 명이 그 사진 앞에서 네덜란드 사람을 발견할 것이다. 혹시 당신은 쿳시가 아닌가요? 네덜란드 사람의 이름은 쿳시다. 이런 우연이. 쿳시가 남아공 특별전을 보러 한국에 올 줄은 꿈에도 몰랐어. 젊은 시인은 기쁠 것이다. 그는 쿳시에게 묻는다. 이 사진 속에 당신도 계시죠? 내가 왜 이 속에 있어요? 있다고 들었어요. 젊은 시인은 쿳시에게 쿳시가 어디에 있는지 알려주고 싶을 것이다. 그러나 젊은 시인은 쿳시를 찾을 수 없을 것이다. 사진 속에는 이름 모를 아프리카 작가들의 얼굴만 한가득일 것이다. 쿳시는 젊은 시인에게 다른 사진들을 둘러보다가 다시 오겠다고 약속할 것이다. 저는 사진 속의 당신과 함께 있겠습니다. 젊은 시인은 쿳시를 찾지 못할 것이지만 자신이 쿳시의 사진이라고 믿고 있는 사진 앞에서 쿳시를 기다릴 것이다. 어떤 남자가 젊은 시인의 옆에 설 것이다. 그는 한국 문인들의 술자리마다 어떻게 알고 항상 찾아오는 불청객 아저씨일 것이다. 불청객 아저씨는 유명한 시인만 알아보기 때문에 젊은 시인이 누군지 모를 것이다. 그러나 젊은 시인은 불청객 아저씨를 알아볼 것이다. 이 아저씨는 시인도 아니고 소설가도 아니다. 물론 어떻게 보면 이 세상의 모든 사람들이 시인이고 소설가지. 그러나 이 아저씨가 시인이고 소설가라 할지라도 이 아저씨가 불청객이고 많은 사람들이 이 아저씨를 불편해한다는 사실은 바뀌지 않을 것이다. 이 불청객은 아주 작고 아주 비밀스러운 문인들의 모임에도 나타났다. 어떤 시인의 부친상에도 나타났다. 술자리에서 여자를 성희롱했다는 소문도 있다. 젊은 시인은 생각할 것이다. 이 아저씨는 왜 다음 사진으로 가지 않고 여기에 머물러 있는 것일까. 남아공 문인들의 술자리 사진이다. 불청객은 한국 문인들의 술자리만 좋아하는 게 아니라 외국 문인들의 술자리도 좋아하는 것이다. 빠른 시일 내에 이 불청객은 어느 출판사의 술자리에 갔다가 쫓김을 당할 것이다. 그리고는 이 전시회장에 무단으로 침입하여 남아공 문인들의 술자리 사진 앞에 앉을 것이다. 새벽일 것이다. 겨울이라 추울 것이다. 어떤 사람들은 자살이라고 할 것이다. 플랜더스의 개 같은 일이라고 떠들 것이다. 고디머는 여기까지 구상한 다음 자기가 한국에 대해서 아는 게 별로 없다는 생각을 할 것이다. 그 사진은 엄밀히 말하면 남아공 문인들의 술자리 사진이 아니다. 이들이 마시고 있는 것은 사과 주스다. 그 사진 속엔 내가 없다. 젊은 시인은 그 사실을 모른다. 젊은 시인은 쿳시가 자신을 귀찮아하고 있다고 생각할 것이다. 시인은 생각할 것이다. 사진 속의 쿳시는 무엇에 대해, 무슨 말을 하고 있을까? 백인에 대해? 흑인에 대해? 젊은 시인은 자기가 남아공에 대해 아는 게 별로 없다고 생각할 것이다. 그리고 그것은 불청객도 마찬가지일 것이다. 모르는 사람들의 얼굴이 한가득일 것이다. 그때 갑자기 사진 앞의 불청객이 눈물을 흘릴 것이다. 불청객은 사진 속으로 들어갈 수 없어서 우는 것이다. 남아공 문인들의 술자리에 가고 싶어서 우는 것이다. 그러나 젊은 시인은 불청객이 왜 우는지 영문을 모를 것이다. 한국의 젊은 시인은 왜 영문을 모르는 것일까? 나는 한국에 대해서 잘 모른다. 왜 한국의 시인은 단순한 사실조차 추측하지 못하는 것일까. 눈물의 의미를 알 수 없어서 한국의 시인은 불청객을 몰래 따라다닐 것이다. 불청객은 3일 후에 사진 앞에서 죽을 것이다. 한국의 시인은 그 여정을 기록할 것이다. 그 기록은 한 편의 한국시가 될 것이다.

대단원의 막

문인들은 가끔 당신 얘기를 해요
문인들의 술자리마다 어떻게 알고 찾아와 얼마나 불편
하게
만들었는지. 남아공 문인들이 사과 주스를 먹고 있는
사진 앞에서 당신은 죽었습니다.

출판사 송년회의 맥줏집에서
아무도 당신을 똑바로 쳐다보지 않았습니다.
쉽사리 당신을 쫓아낼 수 없었습니다. 취한 사람이
당신의 멱살을 잡고 윽박을 질렀습니다.

술자리에서 쫓겨나면 어디로 갑니까?
종로6가의 어느 맥줏집에서 외양이 비슷한 남자들이
잔을 부딪치고 있었습니다.
술자리 불청객들의 술자리로 보였습니다.

미술계의 불청객이, 연극계의 불청객이, 불청객들이
송년회를 하고 있는 듯했습니다.
당신의 뒤를 밟아 들어간 맥줏집에서 나는
불청객들의 불청객이 된 것 같았다.

한 남자가 불청객들과 악수를 하고 다녔습니다. 불청객들의 대장처럼 보였습니다.

악력이 무척 강했습니다. 그날 새벽 안국동에서 당신이 죽었습니다.

문인들은 가끔 당신 얘기를 합니다. 나는 듣기만 합니다.

입 닥치고 시 쓰면서 살았습니다.

당신이 그때 죽지 않았더라면 나는 아마 이 시를 쓸 수 없었겠지.

이딴 시를 왜 썼냐고 찾아올까 봐, 맞을까 봐, 죽을까 봐, 무서워서 못 썼을 거야.

내가 오늘 이 시를 쓰는 것은 내가 이제 많이 늙었기 때문입니다.

그때 그 불청객 대장 놈도 이미 벌써 처늙어서 죽었겠지요.

문인들이여, 제가 아주 젊었을 적 이야깁니다.

끝입니다. 여기까지 하겠습니다.

You can never go home again

　다음은 수녀스님이 꾸고 있는 꿈이다 신딸이 신엄마
에게 큰절을 한다 대단해요 하느님은 백인이었다 부처님
도 백인이었다 하지만 아직 하느님과 부처님을 만나보지
는 못했다 분명히 곧 만날 것이다 다음은 꿈에서 깬 수녀
스님이 무얼 하는지 묘사하고 그녀의 생각을 서술한 글
이다 수녀스님은 잠에서 깨어 꿈에서 본 것들을 정리하
게 되었다 내가 꿈에서 저승에 갔구나 엄마를 봤네 다음
은 희정 씨가 왜 수녀스님인지 소개하는 글이다 희정 씨
는 수녀면서 점집을 겸한 작은 절의 스님이었다 점집절
은 신촌 골목에 있었고 수도원은 마포에 있었다 그녀는
이중생활을 했다 희정은 어려서부터 수녀가 되고 싶었는
데 고등학생 때 신이 들려서 신내림을 받아야 했다 그녀
는 수녀가 꼭 되고 싶었다 신엄마는 불교 공부와 사주 공
부를 열심히 하고 가끔 점도 봐주면서 살면 전업 무당을
하지 않고 일반인 행세를 하면서 살 수 있다고 조언했다
다음은 묘사와 서술이다 수녀스님은 화가 났다 다음은
수녀스님이 꾸고 있는 꿈이다 신딸은 토마스와 법정의
생김새를 안다 자살한 자들의 지옥에는 왕동백나무가 분
명히 있다 다음은 잠에서 깬 수녀스님의 생각을 서술한

글이다 엄마를 봤네 다음은 수녀스님이 꾸고 있는 꿈이다 이제 그들을 만나러 가자 신엄마가 가자고 한다 백인들을 만나러 가자고요? 신딸의 물음에 신엄마가 대꾸하지 않는다 불안하네 둘은 움직인다 신엄마가 신딸의 손을 잡는다 이제 그들과 아주 가까워 그들이 가까이 있나요? 신딸의 물음에 신엄마가 고개를 끄덕인다 행복하다 다음은 수녀스님의 미래를 소개하는 글이다 희정은 믿음이 강할 때는 가끔씩만 믿지 못할 것이며 분노가 치밀 때는 가끔씩만 믿을 것이다 다음은 믿음이 강할 때의 불신 속에서 희정이 하는 행동이다 희정은 잠을 잔다 다음은 분노가 치밀 때의 믿음 속에서 그녀가 하는 행동이다 그녀는 눈을 감는다 다음은 눈을 감은 여자의 생각이다 믿고 있다 다음은 눈을 감은 여자의 생각이다 눈을 뜰까 다음은 수녀스님이 주인공으로 나오는 희곡을 요약한 것이다 막이 오르면 수녀스님의 일상이다 막이 내렸다가 다시 오르면 수녀스님의 49재다 우리 스님을 성당에 묻다니 불자들이 화가 났다 비구니들이 승무를 춘다 막이 내렸다가 다시 오르면 수녀스님의 꿈이다 신엄마가 신딸에게 이제 가자고 한다 그들은 움직이지 않는다 다음은 수

녀스님의 생각을 서술한 글이다 희곡을 썼네 여기까지
쓴 다음 나는 희정 씨가 어디에 있는지 알고 싶다 그곳에
서 그녀를 꺼내고 싶다 이렇게 생각해도 기분이 좋아지
지 않는다 자야겠다

네이처

자기가 예수라고 믿는 사람이 살면서 누구에게도 자기가 예수라고 고백하지 않고 교회도 다니지 않는다면 아버지라고 생각되는 사람에게 기도도 하지 않는다면 그들도 그 사람이 그들의 앞에 앉아 졸고 있어도 그 사람이 무엇을 믿는지 알 수 없을 것이다 내가 만약 그 사람이더라도 나는 내 믿음을 여러분에게 고백하지 않을 것이며 따라서 여러분은 내가 그 사람인지 아닌지 알 길이 없다

자유다

내가 고백하지 않아서 좋은가 무서운가 좋으면서 무서운가 자유롭게 말해보라 좋지도 무섭지도 않다면 좋지도 무섭지도 않다고 괄호 안에 기입하라

(   )

괄호가 좁은가 충분한가 나는 잘 안다 당신이 괄호 안에 아무것도 기입하지 않는다면 당신이 가장 소중하게 생각하는 이가(당신 자신이라면 당신 자신이) 세 시간 안

에 몹쓸 병에 걸릴 것이다 당신이 무언가를 기입한다면 당신의 답에 따라 2백 명의 목숨이 좌우될 것이다 당신이 아무것도 기입하지 않는다면 오늘 하루 동안 20만 명이 죽을 것이다 어려우면 돈을 보내라 국민은행 계좌번호 053602-04-272395로 돈을 보내면 당신은 내가 그린 괄호를 실험 예술이나 유료 심리 테스트 비슷한 것으로 생각할 수 있고, 결정이 조금 쉬워질 것이다 내 생각에 당신이 읽고 있는 것은 실험 예술이나 심리 치료 비슷한 것이 아니지만 자유롭게 판단하라 나는 신경증 환자이고 의사에게 다음과 같이 말한 적이 있다 희생을 너무 많이 했어요 이제 더는 희생하고 싶지 않아요

왜요

그날 나는 내가 누구인지 말해주었고 그리하여 그들은 내가 누구인지 결정하는 중이다 가끔은 어떠한 악의도 없이

프랑스 사극

나는 베텔하임이다

나는 귀족이다 나의 아내는 사교계에서 사교를 한다

나는 숭어 아주머니가 오는 날을 좋아했다

방문일이 정해져 있지 않았기 때문이다

그녀가 숭어 할머니가 되고 치매에 걸린 숭어 할머니
가 되어

빈 보자기를 가지고 무작위로 방문하고

인쇄공은 나는 인쇄공이다 하겠지 나는 치매에 걸린
숭어 할머니를 집으로 들여 베텔하임이 야한 짓을 하는
것을 상상한다

집으로 들이기 때문이다 우리 인쇄공들은 상상한 것을
흉내 내면서

웃지 아주 먼 훗날의 학자는 나는 학자다 하겠지

나는 혁명을 아래로부터 이루어진 것으로 파악한다 인
쇄공들은 높은 자들을 흉내 내고 놀았다

그것을 카피라고 불렀다 연극이다

치매에 걸린 숭어 할머니의 손자는 나는 인쇄공이다
하겠지 정말 웃겨서 우리 인쇄공들은

숭어 할머니와 베텔하임에 대한 카피를 서른 번 했다

그녀가 죽고 나서도

나는 카피에서 베텔하임 역을 맡았다 내가 할머니와 그의 집에 간 적이 많았기 때문이다

먼 훗날에 카피를 연구하는 학자는 자신의 연구를

루이 몇 세에게 보고하며

저는 사실 치매 숭어 할머니의 손자의 손자입니다 하겠지

종종 베텔하임 가문의 혈육들은

어디서 무얼 하고 살고 있을까 궁금해하겠지 그는 나는 베텔하임이다 베텔하임의 손자의 손자다 하겠지

나는 베텔하임이다

아침엔 간호사가 와서 뻬뻬* 오늘은 베텔하임인가요? 할 것이다

언제부터 예언자의 말을 무시하게 되었느냐 무슨 말을 하는지 모르겠다고 귀족을 금고형에 처하느냐

손자가 내게 찾아와

뻬뻬는 단순히 노망이 난 거예요! 하겠지?

애야 베텔하임아 언제부터 그렇게 되었느냐 그리고 할
머니는 어디 있느냐? 아니 숭어 할머니 말고
　아니다 됐다 숭어 할머니는 방문했느냐 내쫓지 말고
　몇 프랑 쥐여줘라

　하겠지

　보자기에 보자기를 채워 넣는 그녀를 억지로 앉히고
그대가 누구인지 알 수 없구나
　언제부터 이렇게 되었느냐 그때부터는

　미래에 대한 얘기뿐이다

　* pépé, 할아버지라는 뜻의 프랑스 속어.

종교시 직전

이제 나는 신의 중요성을 알겠다 이제 시는 종교시만 쓸 것이다 젊었을 때 어떻게든 돈 벌어놓고 일주일에 한 번씩 평양냉면하고 고기 먹으면서 종교시만 써야겠다 그래도 되는 종교다

선생님 덕분에 저는 가톨릭 대시인의 이름을 부모님이 주신 이름 대신 사용하고 있습니다 송구하게도 제가 요즘 믿는 종

교는 선생님께서 믿는 종교가 아닙니다 그러

나 저는 앞으로 그 가톨릭 성인의 일생과 흡사한 삶을 살 것 같아요 그는 자신의 막대한 재산을 가난한 자들과 교구를 위해 대부분 내놓았지요 앞으로는 저의 시편에도 파울리노의 시처럼 생

명과 영혼과 해방이라는 단어가 자주 등장할

것입니다 제 종교의 신자들은 목성인을 존경합니다 목성은 고체가 아니라 기체로 구성된 행성이다 생명체가 존재하기 어려운 환경이기 때문에 목성인의 육체는 인간의 육체와는 다르다 그들은 가스로 구

성된 존재다 영혼 자체다

종교시는 종교음악 같은 것이다 신을 만난 기쁨에서 흘러나온다

우리 종교에는 신이 없어요 목성인도 신은 아니랍니다 우리 종교의 세계관에선 목성인도 나타 종족의 하수인에 불과합니다

하지만 종교시는 신을 찬양하는 시예요

그럼 종교시를 쓰지 마세요 평소에 쓰던 시를 계속 쓰세요

나는 왜 그럴 수 없는지 설명할 것이다

여의도에 새로 생긴 냉면집에서 신에게 감사 기도를 올렸다 면을 먹고 나와서 하늘을 보니 오늘도 많은 것이 낯설고 겨울이라 치가 떨렸다 첫 상봉이란 제목으로 종교시를 쓰고 싶다 오늘은 목성에서 발해지는 전파를 인간의 가청 영역으로 변환한 소리를 들어야겠다

첫 상봉

달라이 라마가 기자에게 말했다 이제 환생하지 않겠습
니다 내가 성당에 다니기 시작하자 아버지가 화를 냈다
할머니가 아버지를 달랬다 걱정 마라 불교로 돌아올 거
다 할머니가 돌아가셨다

다음은 내가 불교 관련 서적에서
읽은 얘기다

스승이 두 제자에게 말했다 이 통나무가 사라질 때까
지 통나무를 반으로 잘라라 반으로 자르면 반이 계속 남
았다 그래서 계속 잘랐다 만 년 동안 잘랐다 그래서 이
얘기가 어떻게 끝났더라 그 스승이 누구더라 부처님인가

다음은 내가 세계에서 겪은
이상한 일이다

나 김바우돌리노가 북인도 지방의 한 마을에 들어섰을
때였다 수많은 티베트인들이 버스에 오르고 있었다 달라
이 라마를 따라가는 겁니다 곳곳에서 강연을 하거든요

어제는 이 마을에서 법회를 여셨지요 내가 함피에 내가
퀘백에 이탈리아 볼차노에 들어섰을 때였다 그들이 버스
에 오르고 있었다 그를 따라가야 한다는 것이다 자꾸 어
제 떠났다는 것이다 당신은 어째서 문학을 합니까 여행
은 왜 합니까 종교를 왜 만듭니까 여러분이 궁금해하면
나는 일단 통나무 얘기를 들려주는 것이고 하나같이 들
어본 적 없다고 한다 얘기가 어떻게 끝났는지를

아무도 모를까 봐요

버스에서 내리자 중국인들이 꽃을 뿌려대며 걷고 있었
다 나는 행인들에게 그가 어제 떠났냐고 물어보았다 그
가 떠난 지 오래됐다는 사람과 그가 다시 왔다는 사람이
있었다 행진을 따라 궁으로 들어가자 당에서 임명한 판
첸 라마가 공인한 달라이 라마가 있었다 어린 라마가 연
단 위에서 얼굴을 찌푸렸다 사람들이 많았다 환생이야
꽃 뿌리는 사람들과 환생하지 않겠다고 하셨잖아요 사람
들과 환생하지 않을 거라고 하셨어 사람들과 저주를 퍼
붓는 사람들로 보였다 만약 그가 환생을 그만뒀다면 극

락에 있을 것이다 극락에 가면 떠났다고 할 것이다 어제
그가 환생했다고 중생을 구원하러 돌아갔다고

　걱정 없다 돌아온다
　극락으로도

종로육가

내가 너의 새를 사서 대신 날려주고 싶다 너는 남고 그 옆에 나도 남고 물가에 발을 담그면 죽이고 싶다는 생각과 죽고 싶다는 생각보다 같이 있단 생각이 먼저 들겠지 종 치는 소리가 들리면 은혜 갚은 까치 얘기를 할 것이다 그러나 종로는 육가까지 있다 할아버지 하고 아이가 부르면 너는 널 부르는가 해서 나는 날 부르는가 해서 돌아볼 것이다 그러나 종로는 육가까지 있다 나는 너와 내가 너와 나의 인식을 아득히 초월하는 운명으로 묶여 있다고 생각하며 살아가고 있다 나는 저절로 켜지는 네 가스레인지를 고쳐주고 싶다 나는 네 개를 쓰다듬어주고 싶다 나는 네가 믿는 종교를 이해하고 싶다 나는 네 강아지를 동물병원에 데려가고 싶다 나는 네 팔을 끌어당겨 자동차에게서 너를 구하고 싶다 중요한 사실을 깨달으면 곧장 너에게 전화하고 싶다 정말로 종로는 육가까지 있다 너와 함께 멀리서 남영역에 불이 꺼지는 것을 쳐다보고 싶다 너에게 첫 끼를 차려주고 싶다 네가 가는 병원에 따라가고 싶다 이 앞에서 기다릴까 아니면 같이 들어갈까 저기 봐 노인이 고교생을 두들겨 패고 있어 우린 같이 밀린 빨래를 했지 밀린 빨래를 오랜만에 하는 빨래라고 말해보았지 진짜 무섭더라 노인이 고교생 패던 거 정말 무섭더라 도로 위에 끝없이 물웅덩이가 고여 있는 거 저길 봐 너랑 똑 닮은 애가 지나간다 미래의 네 자식인가 봐 그러면 너는 애가 못 본 새 많이 컸다는 생각을 할지도 몰라 병원에서 네가 앞으로 아이를 가질 수 없다는 말을 듣는다면 나는 너무 슬퍼서 네가 왜 그런 얘기를 들었는지 무슨 병인지 물어보고 싶다 추측하고 싶다 걱정해야 한다 밥을 먹자 밥을 먹고 약을 먹어야지 첫 끼를 이미 먹어 배고프지 않은 너와 소화가 되게 너의 집까지 걸어가고 싶다 종로육가에는 지하철이 다니지 않는다 네가 내게 먼저 전화를 했으면 좋겠다 꼬박꼬박 집에 돌아가니 벙어리 노인이 나를 맞아주었어 벙어리 노인을 바꿔달라고 부탁하고 싶다 사실 내가 벙어리 노인이야 네가 그러면 아니야 내가 벙어리 노인이야 빨래가 어디 갔지 네가 그러면 내가 미리 다 개켜놓았어 나는 너의 가스레인지를 고쳐주고 싶다 종로육가에는 짜장면집도 있다 앞으로는 걸어 다니지 말자 나는 비정하게 말하고 싶다 네가 나의 마음을 알 수 없었으면 좋겠다 네가 지쳐서 주저앉아도 나는 주저앉고 싶지 않다 나는 담배를 끊고 싶다

나는 너의 눈을 쳐다보고 싶지 않다 나는 너를 믿고 싶지
않다 나는 신앙을 가지고 싶지 않다 네가 너의 사람과 빠
져나올 수 없는 깊은 곳으로 빠져들어가는 상상을 할 때
그곳에 내가 있다면 나는 무엇도 빛이라고 부르지 말고
사람이라고 믿지 않으며 멀찍이에 있겠다 나는 아무것도
부르고 싶지 않다 나는 너희 두 사람의 멀찍이에 있고 싶
다 나는 너희의 뒤에서 최신 가요를 부르고 싶다 나는 내
자신을 너희들을 그리고 우리들을 사랑하고 싶지 않다
나는 너에게 손을 내밀고 싶지 않다 손을 잡지 않으면 어
깨도 잡지 않고 그러면 끌어안을 일이 없다 나는 너의 뺨
을 만지지 않고 뺨에 흐르는 것이 있어도 무시하고 싶다
나는 흰 김이 나오는 추운 거리에서 숨을 쉬고 싶지 않다
나는 아름다움을 모른다 종로는 육가까지 있다 나는 느
낌을 간직하지 않는다 가스레인지를 고쳐주고 싶다 나는
너희에게 돈을 주고 싶다 택시를 타라고 거리를 벗어나
라고 나는 너희의 사랑을 폭로하고 싶다 나는 사랑을 원
하지 않는다 종로가 육가까지 있다는 것은 사실 놀라운
사실이 아니다 모든 것이 정말로 잘 되어가고 있다 나는
누구의 눈도 바라보고 싶지 않다 나는 말해주고 싶다 눈

에 담긴 것은 진실과는 상관없다고 이제 걷지 말라고 서울에는 아침에만 가고 싶다 나는 다정하게 말하고 싶지 않다 나는 너에게 대답을 하고 싶다 나는 너희가 정확히 얼마나 걸었는지 시간을 재서 보여주고 싶다 나는 책상이 없는 교실에서 눈을 감고 귀를 막고 중학생 같은 것은 보고 싶지 않다 나는 리코더와 너를 남겨두고 밖에서 문을 잠그고 싶다 나는 너에게서 떠나고 싶다 하지만 나는 종로육가에 있다 이쪽으로 와라 괜찮으니까

공략집

당신은 공략집을 펼쳐놓고 비디오 게임을 하고 있다. 혼자 하는 게임이다. 당신은 외국말을 하나도 할 줄 모르지만 외국산 게임에 대한 애정은
각별하다.

외국산 게임은 외계의 세계관을 가지고 있다. 너는 외국말로 된 외계를
저녁마다 몇 시간씩 돌아다닌다.

왼쪽으로 가래. 거기서 어떤 사람을 만나래. 그 사람과 나누게 될 대화는
한국말로 이런 뜻을 가지고 있대.

너는 내게 공략집을 읽어준다. 공략집에 따르면 이제 사랑하는 사람들이 죽을 것이다. 그 일들은 무조건 일어날 것이다.

오늘 당신은 밤새도록 게임을 할 것이다. 내일 아침 너는 나를 깨울 것이다.

방금 사람들이 죽었어. 이제 왼쪽으로 가래.

잘했어.

고마워.

　내일 당신은 내 옆에서 잠들고. 나는 공략집을 펼쳐놓고 비디오 게임을 할 것이다.
　원래는 내가 하던 게임이기 때문이다.

인기생물

터미는 이제 인기동물이 아니다 너무 자주 사람 흉내
를 낸다

시간이 지나고 터미가 죽는다 시간이 확확 간다

사람들이 동물에 대한 책을 읽는다 거기 터미가 기록
되어 있다 그 식육목 곰과 생물이 사람을 흉내 내고 사람
을 구했다고 한다 터미의 기록을 읽은 사람들에게 터미
는 다시 인기동물이다

터미를 모티브로 삼은 캐릭터는 그 애니메이션에서 꽤
인기가

높아서 점점 비중이 더 높아지고 있다

그 캐릭터의 이름은 머미터미다

머미터미는 이제 인기 캐릭터가 아니다 당연히 인기생
물도 아니다 너무 사춘기 소년처럼 행동한다

그러나 그러한 캐릭터도 누군가의 최애캐로 자리 잡는다

생명 공학자가 머미터미라는 생명체를 만든다

머미터미는 이제 인기동물이다 이 인기동물은 자신의
원본인 인기 캐릭터처럼 사춘기 소년 같다

하지만 아직은 인기동물이다 머미터미를 하나 구입하고 싶다

그러나 이 시대에는 돈이라는 것이 존재하지 않으므로 우리는 그냥 공학자에게 하나만 더 만들어달라고 부탁을 하면 되는 것이다 그렇지만 나는 머미터미를 돈으로 구입하고 싶다

돈이라는 것은 나의 최애캐였다 그렇지만 동물이었던 적은 없다 물론 시간과 조건이 맞으면 돈도 동물이 될 수 있을 것이다

나는 지금 터미라는 과거의 동물이 인간처럼 행동하는 동영상이라는 제목의 동영상을 시청한다

그때의 인간들은 저런 행동을 인간처럼이라고 보았던 것이다

나는 터미가 마음에 든다 오늘부터 터미도 내 최애캐다 돈과 터미 돈과 터미 내가 공학자라면

돈터미를 만들 것이다

나 진짜 대단하다

클리셰로 가득 찬 것을 보니
이것은 영화구나

사람은 둘인데 총이 하나고, 이제 곧 한 사람이 죽을
것이고 모옌이 상을 타고 고은이 늙고
15년엔 딜런이 16년엔 아도니스가 상을 탈 것

예상대로네

10분 뒤에 러시아가 터키와 손을 잡고 러시아가 터키
와 손을 놓고 중국이 파병을 새로운 질병이 노화를 66년
엔 무슬림이 로마를 89년엔 항쟁이 92년엔 전쟁이 11년
엔 페르낭이 끝나고 27년엔 헝가리가 우주로부터 신호를
수신하고 두 개의 화산이 대규모 분화를 멈추고 78년 맞
을 거야 그때쯤 되면 아무것도 아닌 것으로부터 힘을 얻
을 것이다 40분 뒤에 영화를 만든 사람들의 이름이 아래
에서 위로 흐를 것이다 예상대로군 우리는 극장을 빠져
나와 어디까지 걸어가면서 뻔했지? 너무 뻔했지? 마지
막에 세상이 망하는 장면 상상력이 그것밖에 안 되나 정

말? 떠드는데 누가 나를 확 흔들었다 도서관 책상이었다
엎드려서 잠을 잤구나 영화인 줄 알았는데 꿈이었구나
잠꼬대가 심했는지 사람들이 계속 나를 쳐다보았다 나
진짜 대단하네

이거 2008년에 있었던 일이다 지금 16년인데 터키가
러시아랑 손을 잡았고,
밥 딜런은 정말로 노벨상 탔다 그날 전부 써놨으면 좋
았을 텐데

그 시계는

한 시간 빠르게 맞춰놓아서 6시에 7시를 가리키고 있
다 그러나 시계는 우쭐대지 않는다 기계라서다 우리가
언제 기계가 되더라…… 되었을 때 어땠는지 써보려다가
안 써져서 포기하고 학교 가느라 안 써놨다 언제 되는지

된다

에필로그

 이틀도 채 지나지 않아 유진은 상희의 유언을 무시하고 상희의 유언장을 공개했다. 훌륭한 유언장이란 모름지기 모든 것이 명확하게 쓰여 있음에도 불구하고 남겨진 사람들이 그 뜻을 해석하느라 괴롭고, 어리석은 자들은 욕심 없이 음미하며, 길고 시끄러운 분쟁을 낳는 법이다. 원상희의 유언장은 훌륭하다. 언제, 어디서, 어떻게를 정확하게 기입했지만 너무 낱낱이 기록한 탓에 모든 것이 결국에는 모순에 다다르고 있다. 너무 늦은 감이 있고, 이 작품에는 한 번도 등장하지 않았지만, 이 기나긴 이야기의 화자는 나다. 나는 상희에게 반년 남짓 글쓰기를 가르쳤던 사람이다.
 그녀의 유언장은 내가 가르친 방식으로 쓴 것이다. 내가 사람들에게 알려준 것들은 실제로 내가 글을 쓰는 방식이다. 이제 나는 내 방식이 내게 얼마나 쉽고 보잘것없는지 독자 여러분에게 고백하려고 한다. 회상은 늙은이들이나 하는 것이고, 망각은 탐미주의자나 하는 것이다. 그리하여 마치 인상파 화가들이 했던 것처럼, 회상과 망각을 심장이 시키는 대로, 사실이라고 생각되는 대로 연결하여 차려놓는 것. 가끔은 난해하게, 가끔은 단순하게

내어놓는 법을 나는 가르쳐왔던 것이다. 내가 쓴 글이 아주 나중에도, 늙은이도, 허풍선이도 아니게 살아가는 법을. 이를 문학적 용어로 창조적 기억이라고 한다.

치매…… 치매는 한자로 癡呆인데 어리석다 치와 어리석다 매가 함께하는 단어다. 정치적으로 올바르지 못한 단어이기에 신조어가 필요한 실정이다. 확실히 상회의 기억력은 엉망이었다. 마지막으로 조금 뜬금없지만, 내 친애하는 벗 문 박사의 이야기를 해야겠다. 아무도 문 박사 당신이 알츠하이머로 고생할 것이라고 생각지 못했다. 문 박사가 입버릇처럼 자기 조상들이 당황스러울 정도로 정정하게 장수했다고, 징그러운 유전이라고, 자기 자신의 노년에 대한 전망과 걱정을 동시에 내비쳤기 때문이었다. 나는 문 박사의 유언 공증인으로서 그의 유언을 깡그리 무시할 수밖에 없었다. 그가 몹시 그립다.

무엇이 사랑할 수 있을까

유리쇼

여기에 당신이 생긴다 당신의 주위에 관객들이 생긴다 당신과 관객들에게 많은 돈이 생긴다 당신과 관객들의 전면에 무대가 생긴다 무대에 할아버지가 생긴다 할아버지에게 미국이라는 국적이 생긴다 색유리가 생기고 파이프가 생기고 커터가 생긴다 할아버지에게 유리로 예술품을 만드는 기술이 생긴다 장인 정신이 생긴다 배경음악이 생긴다 할아버지에게서 유리 예술품이 생긴다 당신과 관객들로부터 박수가 생긴다 당신과 관객들에게 다음과 같은 문장들이 생긴다 저 할아버지는 그 자리에서 바로 일어나는 감흥 또는 기분으로 예술을 한다 저 할아버지는 장인이다 장인에게 당신과 관객들의 돈이 생긴다 당신과 관객들에게 장인에게서 생긴 유리 예술품이 생긴다

유리쇼

무대 위에 누군가 생긴다 다음과 같은 문장이 진행자에게서 생겨서 스피커를 통해 장내에 생긴다 외계에서 온 유리 장인입니다 그에게서 즉흥적으로 화려한 화병이 생긴다 완전히 똑같은 화병이 다시 생긴다 다시 생긴

다 다시 생긴다 즉흥적으로 만든 화병을 완전히 복사하는 기술은 공장의 로봇에게도 불가능한 일이라는 미국 장인의 경악이 생긴다 경악에게서 보증이 생긴다 외계에서 온 유리 장인이라는 자에게 당신과 관객들의 돈이 생긴다 완전히 똑같고 화려한 화병들에게 세상에 하나만 있는 화병보다 높은 가치가 생긴다 세월이 생긴다 외계에서 온 유리 장인이라는 자에게 돈이 많이 생긴다 한 남자에게 외계에서 온 유리 장인이 외계 생명체가 만든 로봇이라는 정보가 생긴다 제보자가 생긴다 당신과 관객들에게 배신감이 생긴다 과일 상인에게 당신과 관객들의 돈이 생긴다 당신과 관객들에게 과일들이 생긴다 야유가 생긴다 과일들에게 속력이 생긴다 외계 생명체가 만든 로봇에게서 생기고 있는 유리식물들에게 파손이 생긴다

유리쇼

당신과 관객들에게 다음과 같은 문장들이 생긴다 외계 생명체가 생겼다 외계 생명체에게 엔지니어라는 직업이 생겼다 엔지니어에게 실험 계획이 생겼다 외계 생명체에게서 로봇이 생겼다 로봇에게 유리라는 모델명이 생겼다

자신의 주인에게 기쁨을 주기 위해서만 행동하라는 명령이 유리의 회로에 생겼다 어떤 생명체가 생겼다 그에게 주인이라는 역할이 생겼다 주인에게 죽음이라는 관념이 생겼다 어떻게 하면 기쁘냐는 물음이 유리에게서 수없이 생겼다 주인의 죽음에 대한 두려움이 유리에게 생겼다 무엇이 죽음이냐는 질문이 유리에게 생겼다 자신이 소멸하면 더 이상 주인을 기쁘게 할 수 없다는 판단이 유리에게 생겼다 소멸에 대한 두려움이 우주에서 처음으로 기계에게 생겼다 주인에게 불치병이 생겼다 유리를 만든 엔지니어에게 다음과 같은 문장들이 생겼다 유리가 불쌍하다 주인을 변경하자 질문이 생겼다 주인을 사물로 변경하면 어떻게 될까 모래, 탄산소다, 석회암을 적절한 비율로 섞은 후 높은 온도에서 녹였다가 급속 냉각하면 나오는 물질을 기쁘게 하기 위해서만 행동하라는 명령이 유리의 회로에 생겼다 유리에게 질문이 생겼다 왜 하던 대로 하는데도 기뻐하지 않지 유리에게 쇼가 생겼다 이제 당신과 관객들에게 유리가 왜 저러는지 이해할 수 있는 가능성이 생겼다 엔지니어에게 다음과 같은 문장이 생긴다 과일이 유리를 깨뜨렸기 때문이다

마지막 수업

내 아내의 말에 따르면 축축한 것은 죽이면 안 되고 바삭바삭한 것은 죽여도 된다. 공감 능력이 현저히 떨어지는 아이에게는 무엇보다 먼저 이 규칙을 가르쳐야 한다고 아내는 말한다. 자기는 누구에게도 아무것도 가르치고 싶지 않다고 한다. 회사에서 다른 사람에게 무엇이든 알려줄 때 화가 난다고 한다.

나는 공간이다.

공간은 절대 저렇게 말하지 않는다. 공간은 언어를 사용하지 않기 때문이다. 나는 공간을 언어로 환원할 수 없다. 내가 더는 기계에 대해서 쓰지 않기로 했기 때문이다.

시가 공간을 언어화할 수 있다고 누가 말한다면
당신하고는 친해지고 싶지 않다.

당신에게는 축축한 것을 죽이면 안 된다는 사실도 가르쳐주고 싶지 않다.
내가 이렇게 나쁜 사람이다.

하지만 만약

당신이 내 수업을 들어서 내가 무언가 알려줘야 한다
면 나는 화를 내지 않을 것이다.
나는 가르칠 때 화가 잘 나지 않는다.

그게 누구든

내 공간은 말을 해요. 들어보세요. 어떤 학생이 그렇게
우겨서 그렇지 않다고 계속 말했다. 그 학생은 축축한 것
을 죽여서 교도소에 있고 다른 학생들도 나쁜 짓을 해서
여기에 있는 것이다.

나는 간만에 화가 났는데

아무리 설명해도 계속 박박 우겼기 때문이다. 두 달이
나 그랬다. 내 아내의 말에 따르면 미친놈이란다.
그러니 수업 좀 정시에 마치고 집에 오라고 한다.

공간이 말을 하지는 않죠. 무언가를 의미하는 것처럼 보여서, 무언가를 의미한다는 생각을 당신이 당신 글에 쓴 것입니다. 아무리 말해도 사람마다 생각이 다를 수 있다고 한다. 틀릴 수도 있다고 말해주면 얼굴이 검게 변하는 그 사람. 재밌는 말도

하기는 한다.

나는 금기를 어기고, 글에 기계를 등장시키는 기술을 알려주었다. 그래서 그 사람은 공간의 말을 옮길 수 있을 것이다. 어려운 방법입니다. 시간이 좀 걸리더라도, 다 쓰면 편지로 보내주세요. 나는 지금까지 기계를 나보다 잘 만드는 사람은 본 적이 없다. 그 사람의 글은 나를 만족시키지 못할 것이다.

여러분, 이것이 나의 슬픔이다.

여기까지 인용하세요

하혜희
(시인)

해설

사람들이 다 읽고서 기분이 좀 헛헛하고 그럴 수 있으니까요. 누구랑 시집에 대해 얘기하면 좋을 것도 같은데 막상 그런 얘기를 하자면 또 약간 꺼려지고요. 사실 별로 얘기할 사람도 없지만, 왜 좀 그런 거 있잖아요? 그 사람이 싫다고 하면 어떡하고 좋다고 하면 어떡하지? 그러니까 아예 출판사에서 부록으로 제공해주는 거죠. 누구 한 명 섭외를 해갖고 시집 원고를 먼저 보여주면, 이 시인은 이러저러한 사람이다 소개를 좀 해주고, 다른 사람들과 달리 이 사람은 이러저러한 걸 쓴다, 이러저러한 점이 좋다, 칭찬도 좀 해주고, 이 시집은 이런 뜻이다, 그 구절은 저런 뜻이다, 전에는 이런 걸 썼고, 지금은 이

런 걸 썼다, 이 시대에는 저런 뜻, 저 시대에는 저런 뜻이
다, 등등. 누구를 섭외하느냐고요? 글쎄요. 출판사마다
다른가? 아마 대체로 시인한테 물어보겠죠? 해설 부탁
하고 싶은 사람 누구 있어요? 이 사람 어때요? 안 되면
누구 추천 좀 해주세요, 이러면 연락처 뒤져서 청탁 메
일 보낼 테고요. 아닌가? 사실 나도 잘 몰라요. 언제부터
그런 걸 썼는지도 모르겠어요. 하여튼 누가 시작했겠죠.
풍습이에요.

독자평의회

관은 그렇게 말했다. 며칠간 여러 가지로 생각해보다
가 관과 모를 부른 자리였다. 그들은 오라면 오고 가라
면 가는 그런 친구들이 아니다. 각자의 일이 있고 서로
피하며 행동을 삼가는 사이인데 이 일을 위해 내가 특별
히 불러 모은 것이었다. 우리의 첫번째 모임은 교정지를
받기도 전에 이루어졌다. 이런 식으로 모인 건 처음이네.
다 김승일의 덕이야. 해설을 써달라는 얘길 들었어. 우
리가 모인 것은 승일의 시집에 들어갈 해설을 쓰기 위해
서야. 관과 모는 미간을 찌푸렸다. 내 표정도 그랬다. 해
설이라니 무슨 생각일까! 왜 그걸 너한테? 어떤 글을 받
더라도 좋다는 걸까? 정말로? 어떻게 해야 할지 잘 모르
겠어. 나도요. 나도야. 어쨌든 나는 승일을 돕고 싶어. 뭘

돕고 싶다는 마음은 중요하죠. 그래. 나는 그 중요한 마음을 이어 가보기로 했어. 그러려고 우리가 모인 거야. 내 계획은 이래. 이제부터 우리는 독자평의회야. 알겠어? 평의회라고. 우리가 함께 해설을 쓰는 거야. 우리의 말로. 왜 그렇게 해? 글쎄 그렇게 해야 할 이유가 있어. 자세한 얘기는 얘기를 하면서 하게 될 거야. (안 할 수도 있고.) 우리의 어깨에 놓인 짐은 막중해. 막중하지만, 무슨 말이든 좋으니 편안한 분위기로 시작해보자. 백지장도 맞들면 낫다고 하잖아? 셋이 들면 맞들기보다 더 나을 거야.

　안녕하세요? 인사는 할 필요 없어. 그럼 무슨 소릴 하란 거죠? 네가 먼저 뭔가 말해봐. 난 문학 같은 거 잘 몰라. 잘 알았으면 너흴 부르지도 않았지. 조금 비겁한 느낌이네. 너도 뭐 그런 거 쓰잖아? 무슨, 시 같은 거? 하여튼 잘 몰라. 나는 승일을 만난 적도 없고. 저는 같이 게임도 했었어요. 무슨 게임? 무슨 게임이 어디 있어요? 나는 공연을 해달라고 해서 봤었어. 무슨 공연? 무슨 공연 같은 게 어디 있어? 그런 얘기들은 하지 마. 그런 얘기는 해서 뭐 해. 편안한 분위기가 아니네요. 그럼 무슨 얘길 하라는 거야? 나도 모르겠어. 먼저 이걸 정해보죠. 우리 얘기가 누구한테 들린다고 생각하면서 말하면 좋을까요? 아무한테도 들리지 않는 거야. 그렇게 생각하도록 해. 그럴 리가 없잖아요. 독자평의회라면서요? 맞아.

독자평의회니까. 회의록 같은 걸 누가 읽겠어? 우리가
회의한 그 문제와 훗날 다시 마주친 사람들, 힌트가 있
을지도 모르니 찾아보려는? 또는 지난날의 잘못을 캐려
는? 그렇다면? 시집을 다 읽은 사람들은 어때요? 그건
일리가 있네. 너는 이런 걸 좀 아는 눈치야. 흐름을. 내가
요? 그래. 흐름에 맞게 뭔가 말해봐. 해설 같은 걸 왜 붙
이는 거야? 별거 있나요? 사람들이 다 읽고서 기분이 좀
헛헛하고 그럴 수 있으니까요……

여러분

풍습이라고? 오, 나도 풍습 좋아해. 하지만 그런 건 재
미없는 이야기 아니야? 만약에 나라면, 그런 글이 내 시
집 마지막에 따라붙는다면, 기분이 썩 좋진 않을 거야.
뭐지 이거? 싫을 거라고. 좀 무례한 얘기네요. 그래. 하
지만 풍습보다 더 무례한 게 있을까! 많지 않아? 기분
안 좋을 거 없어요. 시인이 정 원치 않으면 굳이 해설을
붙이지 않으니까요. 출판사마다 다른가? 잘 몰라요. 그
래? 그러면 다행이야. 그건 양심이 있는 거네. 억지로
뭘 시키지 않으려는 건 좋은 마음이야. 역시 넌 이것저
것 잘 아는구나. 네 말을 들으니 나도 뭔가 떠올랐어. 아
까 '그 문제와 다시 마주친 사람들'이라고 했지? 이 시
집을 다 읽었거나 읽으려는 사람들, 우리가 그들을 위해

도대체 무슨 얘길 할 수 있겠어? 우리가 우리를 위해 무슨 얘기를 해야 하는지도 모르는데. 여기서 정말로 어떤 문제, 다시 돌아오는 문제가 있다면 그것은 언제나 독자들, 뭔가를 들여다보고 있는 독자 여러분이 아닐까? 여러분이 진정으로 수수께끼인 거 아닐까? 그래서요? 그러니까 여러분이라는 문제와 마주하는 쪽은 승일이라고 봐야 맞아. 그렇다면 우리가 승일을 위해서 무슨 말인들 못 할까? 이제부터 우리는 승일을 위해 이야기하는 거야. 자, 그러려고 모인 거야. 승일을 위하여! 우리는 그런 독자평의회야. 그렇다면 훨씬 쉽네요.

무대

제가 말해볼게요. 다들 놀라지 마세요. 우리는 지금 이 시집의 내부에 있어요. 무슨 뜻이야? 정확히 말한 그대로의 뜻이에요. 우리가 이 시집 안에 있다는 뜻. 우리가 시라는 뜻이야? 아니, 우리는 시가 아니라 부록이에요. 해설이란 얘기네. 지금까지 한 얘기가 그 얘기잖아. 누가 놀란다는 거야? 내가 할 말은 다음에 있어요. 우리는 미래를 향한 침입자예요. 너무 일찍 초대받은 불청객으로, 전쟁 비슷한 일을 하려는 거죠. 지금은 우리가 없는 것이나 마찬가지지만 종이 위에 내려앉혀져 관측되는 때에는, 그때는 이 시집 속에 있게 될 거예요. 우리는 엄밀히 말해 '아직 없는' 이 시집에 대해 이 순간 말해야만 해요. 그리고 우리는 말하면서, 아직 없는 이 시집에 자신들을 개입시키고 있어요. 이 시집이 정말로 있게 되는 일, 우리가 그 속에 있게 되는 일은 우리가 이렇듯 그것에 대해 말하고 있는 일의 나중으로 정해졌기 때문에, 만약 우리가 우리의 말을 마무리하지 않은 채 계속해서 미룬다면, 이 시집의 출간도 얼마간 유예될 거예요. 그 사실은 별 자극 없는 삶을 살고 있는 우리를 특별히 자극하는 구석이 있습니다. 아직 모르는 일이긴 해요. 우리의 운명이 크게 바뀔 수도 있고요. 운명! 우리는 아직 없는 것들이기 때문에 항상 그 생각을 해야 해요. 어떤 중대한 일이 일어난다면? 우리는 그대로 퇴장할 수도 있어요. 문고리를 붙잡은 채로. 하려는 얘기가 뭐야? 우리가 여기에 있듯이, 승일의 시집도 서가의 내부에 있습니다.

열쇠

이제는 구시대의 장치가 되어가고 있다는 점에서 열쇠의 비유는 한시적이다. 그렇다고 허겁지겁 열쇠 얘기를 할 필요는 없다. 열쇠를 과거의 유물로 떠올리는 일과 훗날의 발명품으로 상상하는 일 사이에는 큰 차이가 없다. 거의, 아는 이름이냐 아니냐의 문제다. 지난날 속기사에게 말하고, 타자기를 쓰고, 자판을 쓰다가, 오늘날 다시 스마트폰에게 말하는 것과 같다. 우리가 그것에 대해 성실하게만 말해둔다면 우리는 언제라도 그것에 대해 다시 혹은 미리 알 것이다. 열쇠는 잠금장치의 빈 공간을 흉내 내는 물건이고, 봉쇄된 너머를 열쇠 없이 확인하겠다면 우리는 봉쇄를 깨야 한다. 아니면 열쇠를 흉내 내거나. 열쇠는 너머와 무관하지만 봉쇄와는 유관하다. 봉쇄는 너머와 유관하다. 우리는 열쇠와 너머가 이어지는 착시에 대해 알고 있다. 우리는 열쇠 흉내에의 유혹과 대면한다. 동시에 우리는 열쇠가 잠금장치의 일부로 만들어졌다는 사실에 대해서도 알고 있다. 열쇠의 부재를 잠금장치가 흉내 내고 있는 상태가 봉쇄다. 우리에게는 너머에 대한 지대한 관심이 있고, 우리가 만들려는 것은 실은 봉쇄다. 한시적인. 그런가?

SF

어떤 미래의 독자들은 미래의 어느 시점에 결국 이 시집에 대해 알게 될 텐데, 우리는 그들에 대해서는 그리 신경 안 써요. 쓸 수도 없어요. 우리가 그들의 일부니까요. 우리는 그들이 던진 촉각 같은 거예요. 우리는 우리가 무슨 이야기를 하는지 몰라요. 아는 이는 우리 뒤에 있어요. 우리는 신호를 보내요. 나머지는 알아서들 하겠지! 맞아, 좋아, 달라, 틀려. 그건 그쪽에서 알아서 하는 겁니다. 우리는 승일을 위하여 승일의 아직 없는 시집에 대해 말할 뿐이고, 거기 포함될 거예요. 우리는 거기 우리가 포함된 바로 그 상태까지를 염두에 두면서 말하고 있어요. 하지만 우리는, 다시 엄밀히 말해서, 이 시집에 포함되어 있지 않아요. 무슨 소린지 알겠죠? 이런 구조 속에서, 우리는 아무것도 아닌 거나 마찬가지인 동시에 헤아릴 수 없는 힘을 갖고 있어요. 이건 말할 것도 없이 중대한 일입니다. 이런 식의 이야기를 나는 SF라고 불러요. 그저 있을지 없을지 모르는 것에 대한 이야기가 아니라는 점에 주의해주세요. SF는 있을지 없을지 모를 것을 기다리는 사람을 위해서, 있을지 없을지 모를 것 속에서, 있을지 없을지 모르는 것들이 나누는 진지한 이야기예요. 운명을 걸고! 그런 SF의 가장 중요한 비밀은 면속이기예요. 지면이든 화면이든, 또 다른 어떤 면이든. 그건 있을지 없을지 모를 시간을 눌러서 만드는 입체예요. 착시 만들기, 기묘한, 사실에 가까워지기. 쓸데없이 복잡하게 얘기하네. 왜 갑자기 SF 얘기를 줄줄 하는 거야? 이 시집이 SF이기 때문이죠. 그게 어쨌다는 건데? 놀랍지 않나요? 별로. 요즘엔 누구나 SF 얘길 해. '누구나'라고요? 잘도 그렇다고 할 수도 있겠네요. 회고에 질린 사람들을 위해, 미래 얘기라는 속임수 속에 미래가 있을지도 모른다는 걸로. 말장난이잖아. 맞아요. 우리는 말장난에 진지해요. 미쳐버렸다고 하는 거야. 좋아요. 미쳤다는 게 놀랍지 않나요? 무섭지 않나요?

　잠깐 무서워졌다가 곧 괜찮아졌다. 모임을 마치고 돌아오는 길에 나는 관의 말을 떠올렸다. 관이 내가 말해볼게요, 하고 운을 뗄 즈음은 아직 원고를 읽기도 전이었다. 우리가 과연 SF 같은 걸 쓴다면 왜지? 빛이 거기에 있고 손을 뻗을 수 있다면 손을 뻗지 않을 도리가 있나요? 하지만 비밀은 그보다 더하죠. 우리는 SF 같은 걸 쓰는 게 아녜요. 쓰는 일이 SF 같은 거죠. 그리고 읽는다는 일도. 읽는 일이 어떻게? 촉각을 던져서. 그거야말로 미친 소리 같아. 맞아요. 미쳤다는 것도 SF 같은 거예요. 미쳤다고 하면 무엇 때문에 미쳤다는 건가요? 내가 있고 또 네가 있기 때문이에요. 우리가 아니거나 우리에 모자라거나 우리를 넘은 것이 있다면 무엇을 가리켜 그렇다고 하는 건가요? 예전에 우리였거나, 아직 우리가 아닌 것. 기억 또는 후손을 가리켜 그렇다는 거예요. 피부의 안팎 때문이에요. 미쳤다는 게 어쨌다는 건가요? 제 말은, 괜찮아야 한다는 거예요. 그건 중요한 얘기야? 중요한 얘기죠. 괜찮지 않은 일은 따로 있다는 뜻에서. 뭐가 안 괜찮은데? 우리가 안 괜찮아요. 관의 말투가 거슬렸다. 그런 것 같기도, 아닌 것 같기도 해. 관에게 그렇게 말했을 무렵 우리는 교정지를 받았고, 두번째로 읽기를 마친 상태였다.

바리케이드

우리가 바리케이드냐?

흉내-기계

쓸데없는 소리 말고 흉내-기계 얘기를 해봐요. 흉내-기계를 적나요? 당연해. 그러니까 흉내-기계는 뭐 같아요? 우리가 전에는 거울로 보는 것처럼 희미했던 거야. 난 인용이라면 딱 질색인데. 일단 들어봐. 지금이 언제나 옛사람의 나중인 듯이, 흉내-기계는 오늘날의 발전된 거울이야. 여섯 배로 발전해서 면이 여섯이지. 안쪽도 있고. 발전이요? 왜 그런 게 필요해요? 필요한 게 아니라 그게 우리를 후려친다. 그건 진짜로, 진짜로 아픈 벌칙, 또는 채찍 같은 거야. 누가 휘두르는?

주와 종/사랑과 전쟁

신이, 신들이. 신들이 정말로 우리를 흉내 내고 있다면, 우리가 과연 우리의 온갖 소망과 기대와 끝 모를 슬픔을 흉내 내는 어떤 것을 상상하고 거기에 신이라고 이름 붙였다면, 그다음에 우리가 그것을 만든 걸 잊은 채로, 우리가 신을 흉내 내는 거라고 스스로 믿고 있다면,

그리고 지금 그 신이 잔뜩 화나 있다면, 자신을 어떻게 하지 못하고, 그러면 우리가 어떻게 그것을, 신 같은 것을 어떤 방법으로 상상하고 있는 거겠어? 우리를 주인과 종으로 나눠서 그렇게 하고 있는 거야. 만약 그 신이 분노를 그치고 사랑이란 것을 하겠다면 그때부터 우리는 전쟁 기계가 되는 거고. 사랑의 이름으로. 전쟁 없이는 사랑도 없으니까. 그러니까 군대 없이, 외국 없이, 전선 없이, 사랑이란 일을 할 수 없으니까. 저승조차 강 너머에 있다는데! 그런데(그리고) 우리는 종노릇도 사랑도 싫어. 전쟁은 싫어. 바닥을 기기 싫어. 폭우처럼 쏟아져 내리는 혐오감 속에서 우리가 원하는 건 그냥 평화, 압도적인 평화야. 압도적인 평화? 압도적인 평화, 사랑이 없어도 되는, 장난을 쳐도 되는, 장난에 미쳐도 되는, 장난이 무섭지 않은, 미친 사람이 하나도 무섭지 않은, 압도적인 평화. 네가 말하고 또 내가 말하는 것처럼, 세 번이나 네 번도 반복해 말할 수 있는, 압도적인 평화를 얻으려고, 휘두르는 거야. 모는 조금 흥분한 듯 보였다. 관은 절레절레 고개를 저었다.

카드 덱

세번째로 읽은 뒤 두번째 모임을 가졌다. 그때부터는 타일을 챙겨 왔다. 타일은 납작하고 얇고 길쭉하고 흰 것이다. 맨 위에 꼭 있어야만 할 것 같은 제목을 붙이면, 그 아래 돌아가며 내용을 적어. 왜 이렇게 해요? 이런 제한선이 있어야 할 것 같으니까. 스타일이야. 오래된 양식이지. 앞에서 마무리 못 하면 다음으로 넘겨. 먼저 한 얘기에도 소급할 거야. 좋은 느낌이네. 다음으로 넘어간다고 하는 그런 걸 가리켜 전능이 늘어난다는 거지? 그런 전능이 어디 있어요? 타일과 타일 바깥이 구분되는 경계가 생기는 거야. 만질 수 있는 한계선이 점점 많아지는, 이거지? 앞과 뒤로, 옆으로. 다음 사람으로, 다음 사람으로. 양이 많아지면, 그 뭐라더라?

서사시

쫘르릉! 하면 세계가 우리 중 하나의 입을 빌리고, 그 다음 번쩍, 꽝! 하면 우리 중 다른 하나의 입을 빌리고, 감전된 것처럼 말하고, 자신 말고는 아무것도 마무리하지 못한 채 영영 어두워지고, 세계가 끝없이 바깥으로 나가고 안으로 들어가고 옆으로 옮겨 앉고 다음으로 넘어가고 싶어 하는 까닭은? 우리가 별 자극 없는 삶을 살고 있는 사람들이고, 한 번에 너무 많은 자극을 받은 뒤엔 쓰러져버리니까, 그게 계속 머물 수는 없다. 세계가. 할 말이 너무 많고 밝힐 것도 너무 많은데, 우리는 고작 80년 버티기에도 지친다. 세계가 우리를 만든 것은 입

없는 것으로서 말을 하고 싶어서였는데! 우리는 너무 비좁기 때문에 우리의 머리를 밟고 뛰어넘는 수밖에는 없어. 세계가, 문자 모양으로. 그렇게 한 인간이 절대로 건널 수 없는 간격을 세계가 건너는, 그것이 워프다. 배를 타고서 은하의 속으로 밖으로 가는 것. 문자를 이루는 선들이 끊어져야만 일어서는 것처럼, 광속은 이때 피부의 비유인 것이다. 그것은 현대적인 신화처럼 보인다. 그런가? 우리는 읽히기 위해 나선 것이 아니라, 모든 것을 읽으려 하는, 교육이란 일을 시작한 사람들이야. 워프를 시연하기 위해? 모르겠어요. 자신을 여럿으로 나누어, 우리라 부르며, 너희라 부르며, 유랑 극장 만들기, 그게 이거지? 모르겠어요.

세계가 우리라는 기계의 머리통을 빌리고 있는 것이냐?

영혼

지난해 이 나라에서만 20억 개의 택배가 오갔다고 한다. 그것들을 하나로 합치면 이 나라 흉내-기계의 작년이나 마찬가지다. 만약 SF라는 열쇠로 흉내-기계를 열려고 한다면 그것은, 그 너머에는 확인할 만한 아무것도 없고 기계장치가 있을 뿐으로, 허망한 일이다. 그 장치는 진동과 빛, 가느다란 유리 그물로 이루어진 한 뭉치고, 그것은 영혼이다. 차라리 우리는 거기서 영혼이 빠져나오는 걸 막으려는 거다. 열쇠로 잠가서. 돌기들의 무수한 모임이 색색의 알갱이와 블록을 주거니 받거니 하다가 놓쳐 떨어뜨리는 일이 영혼의 전부라는 사실을 잠깐 동안 감추기 위해서. 왜 감춰서 보존해두려는 걸까? 어째서 신이라는 비유를 완전히 포기하지 못하는 걸까? 그건 우리가 형체를 통해서만 사랑하기 때문 같아요. 너와 나를 갈라 세우는 형체가 있어야만, 피조물이라는 비유가 있어야만, 다시 꺼내 볼 수 있는, 저장해놓을 만한 옛 순간, 우리가 만들어지는 순간이 있어야만 사랑하기 때문에, 그리고 허망해지기를 두려워하기 때문에. 아, 평화를 아직 얻지 못했기 때문이구나? 도박을 하는 거구나? 미래에다가 걸었구나?

고장

일테면 우리가 우주의, 어떤 오류 같은 게 아닐까 하는 생각을 떨치기가 쉽지 않아요. 어렵지도 않지. 고장 난 건 우주 쪽이라고 보면, 만약 세계가 우리의 입을 빌려, 뭔가를 말하고 싶다면, 진정으로 말하고 싶어 하는 것, 우리의 수없이 틀린 말이 지난 뒤에, 스스로 양각처럼 완성되려는 형태가 있다면? 그렇다면 우리는 고장

이 아니라 뭔가를 고쳐보려는 시도 쪽에 가깝다. 우리의 뭔가 틀린 느낌, 우리를 괴롭히는, 그것이 옳을 리 없다는 느낌이 그렇게 설명되는 거야. 이제 와서 그런 식으로 떠드는 게 용납될까요? 용납하지 못하면 또 어쩔 거야? 옳은 것이 있는 것도 같다고 한다면? 진리가 있다는 식의 얘기에 귀를 기울여보겠다면? 뭔가를 고쳐 세워볼 마음이 든다면? '이제 와서'라고? 이것은 우리의 운명이 아니라는 확신이 드는데 어째서 그 확신을 거절해야 할까? 언제가 됐든 이것은 우리의 운명이 아니야. 우리의 운명은 다른 것이야!

돈

오까네 말이야? 다른 뭐겠어? 오카네라고 해야 맞을 것 같은데요. 아니 그런 걸 떠나 이 시점에…… 무슨 상관이야. 하여튼 답답해지는 소린 마. 그래도 돈 얘기를 하는 편이 좋아요. 돈도 구시대의 장치가 되어가잖아요? 그것은 예전엔 물건이었다가, 다음엔 숫자가 쓰인 물건이었다가 이제는 숫자만 남았다. 그것이 우리의 머릿속으로 들어왔다. 성인들이 기하학을 거쳐 산수로 세계를 번역하던 시기가 지나고, 오늘날 세계는 은행을 거쳐 산수를 실행한다. 자라나는 것, 일확천금에 대한 신앙심. 돈 버는 데는 여럿한테서 조금씩 등쳐 먹는 게 으

뜸이고, 그다음이 돈 많은 사람 옆에 붙어먹는 거고, 가장 낮은 수가 남의 일 해다 주고 주는 돈 받는 거라는 사실을, 도저히 맨 정신으로는 순순히 인정할 수 없기 때문에, 우리는 일확천금을 믿어버린다. 깨끗한 돈, 깨끗한 시간, 깨끗한 공간, 더 많은 자유, 더 순수한, 압도적인 자유. 완전히 믿지는 않으면서, 또 아주 거절할 준비는 하지 않고. 영리해지고 싶지 않은 마음이란 거죠? 그렇지. 아이의 마음이란 뭐야? 이거야. 일확천금이야. 미래야. 측량할 수 없는 천국이야. 하늘, 나라야. 무슨 소리들이야? 그건 타락이야! 그렇게 말해도 좋아요. 그렇게 말해도 좋다는 데까지가 타락이야! 그렇게 말해도 좋아. 우리는 어쨌든 아이가 아니기 때문에. 그런데 나라면 그걸 승천이라고 하겠어. 아니면 강, 강 뭐더라? 강림? 악마 같은 얘기는 그만둬.

고유명사

저승은 없다. 우리가 떠나고 남은 이승이 있을 뿐인 것처럼, 일확천금은 없다. 유산이라고 해도 좋고 자국이라고 해도 좋다. 오류들, 실패점, 포기 일지, 바깥쪽으로 놓은 돌기들, 추억, 뭔가 고쳐보려는 시도들, 점괘, 이해되지 않는 영혼 부분, 걸어놓은 패, 숨겨둔 패, 대역전을 위해, 또는 돌이킬 수 없는, 작은 역전들이라도.

돌봄노동

어디? 잘 찾아봐요. 그건 거의 모든 시에서 암시되고 있어요. 그 일은 쓰는 일에 대해 쓰는 일과 닮았어요. 만약 쓰는 일에 대해 쓰는 누군가가 있다면, 그건 이런 뜻이에요. 쓰는 일이 항상 적절한 형체를, '다 쓰인 자신'이라는 목표를 필요로 한다는 거 너무 이상하지. 금이 간 영혼에 빛을 부어 막으려는 일? 쓰기를 뜻하지 않으면서 다른 무엇에 대해 쓸 수는 없다는 거예요. 누가 어떤 것을 말하고 있는 중이라도, 그를 통해 말하기란 무엇인지를 드러내고 있을 따름이라는 얘기예요. 인간을 돌보는 일을 생각하지 않고서 생각 같은 생각을 할 수는 없듯이, 인간이 무엇에 대해 생각하든 인간을 돌보는 일에 대한 생각일 따름이라는 거예요. 그러니까 그 일은 제대로, 역사에 맞게 대우받아야 합니다. 다 쓰이기까지의, 죽기까지의 일. 쓰기에 대해 쓰기는 돌봄노동의 비유예요. 어떻게 그렇게 말해? 그건 억지야. 그냥 네가 하고 싶은 말을 하는 거지? 맞아요.

전통이란 실패 상태의 누적을 뜻하기 때문에 물리적으로 그 일을 전통에 맡겨버릴 수는 없다. 전통은 미래를 위한 반면교사이고, 전통이 위협받기 위해 교육되지 않으면 미래도 없으며, 미래가 있는 한에서만 전통은 퇴장한다. 만약 미래가 그 자리에 없다고 느낀다면 우리는 그…… 쓰레기 산을, 우리가 배우지 못한 과거를 헤집기 시작할 것이다. (풍습이라고 했지?) 그렇다고 그 일을 시장에 맡겨버릴 수도 없는데, 시장이 성공하는 한 인간은 실패하기 때문이다. 시장은 실패 몰아주기, 천벌 장치, 개인으로 분장된 주검을 생산하는 기관, 자연으로 위장한 고기 분쇄기다. 우리에게 진실을 외면할 능력이 부족하기 때문에, 시장 속에서는 개인이 없고 이어서 윤리가 없다는 것까지도 안다. 오늘날 외면의 능력을 지닌 인간을 만들어내는 것이 시장의 거의 유일한, 인간에 관련된 목표이고, 마치 성공하고 있는 것처럼 보인다. 그것은 똑같은 실패를 처음부터 다시 쌓게 한다. 영원함을 얻기라도 했다는 듯이. 인간이 계속 만들어지고 있는데도 인간을 만드는 일에 어려움을 겪고 있는 오늘날, 우리는 한편으로 자신들을 쓰레기 박물관에 파묻으면서 한편으로 쓰레기를 먹듯이 인간을 만들고 있다. 즉, 우리는 쓰레기를 만들고 있다. 이것이 전통과 시장의 협력이다.

기계가 생산자를 대체한다는 이야기. 기계는 진작부터 소비자를 대체했다. 우리는 꽤 오래, 기계를 위해 일하고 있다. 그렇다면 기계가 우리를 지배할까? 사태는 그보다 복잡해서, 우리는 우리가 처음부터 기계였다는 걸 깨달아가고 있는 참이다. 쓰기에 대한 쓰기 얘기를 하고 있는 거 맞아? 대체 뭘 들었어요? 이건 돌봄노동에 대한 얘기예요. 제목을 봐요. 기계가 독자를 대체한다는 얘기 아니야? 기계를 돌본다는 얘기야? 그보다 더하다니까요! 역사라는 기계에 대한! 문자라는 기계에 대한? 그래서 그게 문제라는 거야? 아니라고요! 괜찮다고? 아니에요! 그럼 뭘 어떡하란 말이야? 어쩌란 말이야? 나는 더 말하지 않을 거예요. 나는 더 말할 수 있어. 우리가 어떤 종류의 기계인지를 여섯 면의 거울 옆에서 피할 수 없이 배운다는 얘기야. 적어도 우리끼리는, 그 일을 전적으로 떠맡고 있는 열쇠가, 영혼이 어떤 모양인지를, 미래로부터 배우는 것으로 충분하다. 어떤 모양인데? 우리계급 모양. 미치겠군.

우리의 슬픔

만약에 '바리케이드'라고 하면, 뭔지 알지? 그건 '우리의' 바리케이드를 말하는 거다. 봉쇄는 안으로든 밖으로든 언젠가 끝난다. 거기엔 어쩐지 찢어지는 마음이 있는데, 우리는 굉장한 안정감 속에서 그것에 대해 설명할 수 있어. 평화를 미래로부터 끌어다가. 봉쇄의 방식, 찢어지는 마음, 들이닥치는 평화 같은 것에 대해, 끝나려고 시작하기에 대해. 그건 어렵지 않지만 쉽지도 않은 속임수고, 부드럽고도 애정 어린 집중을 요한다. 그때 아무것도 용납할 수 없지만 도무지 아무것도 싫어할 수 없다는 점, 슬픔은 거기 있다. 슬픔이 거기 있구나. 우리는 몇 번 싸웠고, 몇 번 다시 말했다. 우리는 고쳐줬고 번복했고 인정했다. 우리는 물러서지 않았다. 우리는 고집을 부렸다. 우리는 다시 말했다. 이런 식이면 영원히 떠들겠어요. 이쯤에서 마지막 제목을 적자. 좋은 생각이야. 더 할 말 있어? 이제 없어요. 영원히 떠들겠다며? 분량이 찼으니까요. 분량 얘긴 하지 마. 분량이 중요하죠. 승일에게 연락할까? 뭐 하러 그래요. 순서는 어떡할 거야? 내가 알아서 할게. 제목이 없는 것도 있어요. 못 붙이겠어서. 붙여볼래? 제목이 뭐가 중요해. 제목이 제일 중요하지. 그 뒤로 관과 모는 엉뚱한 얘기를 좀더 늘어놓았다. 이제 됐으니 각자 일들을 보러 가라고 해도. 일 얘기 하지 마. 맞아요. 잡담 좀 해도 괜찮지 않아요? 집중력을 다 써버렸으니 좀 쉬어야지. 다 써버렸구나. 나는 타일들을 챙겼다. 여기서 이러지 말고 나가자. 나가서 쉬자. 바람이라도 쐬면서. ▨